우리 같이 볼래요?

▶

우리 같이 볼래요?

엄마들의
삶에 스며든
영화 이야기

부너미 기획 정현주 홍애리 자일리 김은희 쑤리 단단 살구 블랑 성소영 안성은 나비 하지현 이민영
민보영 홍하언니 유유 은주 이성경 랄라 구성은 유보라 엘리 인성 김수현 이효정 심지 지음

우리 같이 볼래요?

엄마들의 삶에 스며든 영화 이야기

초판 1쇄 2023년 2월 10일
지은이 부너미 정현주 홍애리 자일리 김은희 쑤리 단단 살구 블랑
성소영 안성은 나비 하지현 이민영 민보영 홍하언니 유유 은주
이성경 랄라 구성은 유보라 엘리 인성 김수현 이효정 심지
펴낸곳 이매진 **펴낸이** 정철수
등록 제313-2003-0183호
전화 02-3141-1917 **팩스** 02-3141-0917
이메일 imaginepub@naver.com
블로그 blog.naver.com/imaginepub
인스타그램 @imagine_publish
ISBN 979-11-5531-139-4 (03810)

부너미

결혼한 여성들의 삶을 탐구하는 모임이다. 언제까지 세상이 바뀌기만을 기다릴 수는 없다는 생각으로, 변화의 주체가 된 엄마들이 모여 함께 읽고, 쓰고, 듣고, 말한다. 《페미니스트도 결혼하나요?》(민들레, 2019), 《당신의 섹스는 평등한가요?》(와온, 2020)를 함께 썼다.

우리 같이 영화 볼래요?

엄마가 된 뒤 참 많이 달라졌습니다. 삶의 고민이 달라지니 보는 영화도 달라지고, 본 영화도 새롭게 다가옵니다. 전세계를 휩쓴 최신 흥행작 말고, 영화 평론가가 추천하는 영화 말고, 엄마들이 고르고 엄마들이 공감하는 '엄마들의 영화'가 궁금했습니다.

어느 날 남편하고 〈레볼루셔너리 로드〉를 봤습니다.

"영화가 참 우울하네."

영화가 끝나자 남편은 짧은 감상평을 남기고 자리를 떠났습니다. 결혼과 출산 뒤에 이어지는 삶에 관해 나누고 싶은 이야기가 많은데 말이에요. 아쉽고 서운했습니다.

몇 달 뒤, 같은 영화를 엄마들끼리 다시 봤습니다. 영화 이야기는 자연스럽게 우리 이야기로 이어졌고, 서로 다른 경험과 관점과 해석에 귀기울이는 동안 시야가 더욱 밝아지고 넓어졌습니다. 한 장면을 두고 모두 한 마디씩 덧붙이며 등장인물의 심정을 헤아리던 순간은 지금도 특별한 기억으로 남아 있습니다.

부너미는 첫 책 《페미니스트도 결혼하나요?》(2019)에서 결혼한 여성에게 '나'로 살아가기란 무엇인지 탐구했고, 《당신의 섹스는 평등한가요?》(2020)에서는 '부부 관계'에 집중했습니다. 이번에는 영화를 매개로 '기혼 여성의 다양한 삶'을 들어보려 합니다.

영화는 힘이 있습니다. 고통과 기쁨을 깨닫게 하고, 일상을 벗어난 상상을 하게 하고, 무엇보다 무엇이든 말하게 하니까요. 이 책에는 감독의 의도나 메시지를 파악하려는 시도가 없습니다. 영화 정보나 묘사는 되도록 줄이고 엄마들 목소리를 진솔하게 담았습니다.

사람은 얼마나 알아야 서로 잘 안다고 할 수 있을까요? 서른 넘게 한집에 살며 누구보다 잘 안다고 생각했던 엄마였는데, 지금 생각해보니 결혼 전의 저는 엄마 마음의 절반도 모르고 살아왔다는 생각이 들어요. 학창 시절, 대학교, 대학원 때 친구들은 몇 년째 다른 삶을 살다 보니 오랜만에 소식을 전할 땐 낯설고 어색한 느낌마저 들고요. 그런데 여기서 처음 만난 샘들의 이야기는 구구절절 공감되고, 또 스스럼없이 자신의 얘기를 꺼내는 저를 보면서 저 자신과 샘들 내면의 일부를 어느 정도는 공유했다는 느낌을 받았습니다.
— 민보영이 쓴 '모임 후기'에서

2021년 1월, 처음 '보는 부녀미'를 시작해서 스무 명이 같은 영화를 보고 각자 글을 썼습니다. 글을 읽으면 마치 영화 스무 편을 본 듯한 착각이 들었죠. 영화에서 그려지는 엄마 이미지가 너무 단순해서 늘 불만이었는데, 여성 스무 명이 각양각색으로 엄마의 삶을 입체화하니 큰 감동과 위로가 됐습니다.

영주에서 연 1박 2일 글쓰기 워크숍은 글에 미처 담지 못한 삶을 나누는 자리였습니다. 영화에서 시작한 짧은 이야기들이 '기혼 여성의 삶'이라는 큰 줄기로 모이는 과정을 든든하게 지지하고 열렬히 응원했습니다. 그때 느낀 충만함 덕분에 책을 잘 마무리할 수 있었습니다.

용기 있게 자기 삶을 열어준 저자들에게 감사드립니다. 내 삶이 작고 보잘것없다 느낄 때, 책으로 낼 만큼 의미 있을까 주저할 때, 글쓰기가 더디고 버거워 포기하고 싶을 때, 한발 내딛는 저력을 보였습니다. 이 책을 읽는 분들도 자기를 믿고 앞으로 나아갈 힘을 얻기를 바랍니다. 이번에는 기획부터 투고까지 정현주 샘하고 함께 했습니다. 정현주 샘이 함께하지 않았으면 진작 포기했을 겁니다. 크고 작은 어려움을 모두 의지할 수 있어서 큰 기쁨이었습니다. 마지막으로 부너미 글쓰기의 가치를 알아봐준 눈 밝은 출판사 이매진에 깊은 감사를 전합니다.

  같이 영화 보자는 말은 함께 삶을 나누자는 초대입니다. 애 보랴, 일하랴, 살림하랴 바쁜 일상이지만 부디 저희 제안을 받아주세요. 우리 같이 영화 보면서 더 즐겁고 더 자유로운 엄마가 돼보자고요!

저자들을 대신해 이성경 씀

[차례]

#2. 심야 영화

#3. 주말의 명화

#1. 조조할인

우리는 기적이 되기에 충분하다

▶ 〈우리집〉(2019)

정현주

혼자 있는 시간이 가장 좋은 내향인이지만 새로운 사람을 만나는 일에 자꾸 마음이
설렌다. 함께하는 즐거움을 배우고 있다.

어릴 적부터 나는 집순이였다. 밖에 나가 놀 때보다 집에 있는 시간을 더 좋아했다. 햇살 들어오는 거실 소파에 누워 공상에 잠기기도 하고, 허공을 떠도는 먼지를 쳐다보다가 까무룩 잠이 들기도 했다. 태어나 이사 한 번 가지 않고 한집에서 보낸 성장기는 행운이었다. 익숙하고 안정된 공간마저 없었으면 불행을 견디기 어려웠다.

내가 기억하는 우리집 첫 부부 싸움은 일곱 살 때 일어났다. 말다툼 끝에 아빠가 식탁 위 유리그릇을 바닥으로 날리자 엄마는 놀라서 울었고, 우리 삼 남매는 작은방 책상 밑으로 쪼르르 숨어들었다.

"엄마 아빠 이혼하면 누구랑 살 거야?"

이 질문은 아마 둘째인 내가 꺼낸 듯하다. 눈치가 빨라 상황 파악을 잘한 나는 잔뜩 긴장한 와중에도 머리를 굴려 그다음을 대비하려 했다. 부부 싸움의 빈도와 강도는 꾸준히 높아졌고, 집안 온도는 점점 낮아졌다. 밖으로 나도는 가족들 덕분에 평화로운 빈집이 내 차지가 되는 날에는 기분이 날아갈 듯 좋았다.

"엄마 아빠 문제는 제발 둘이 해결해. 우리한테 피해 주지 말고."

슬퍼하거나 걱정하거나 화를 내는 대신 나는 마음의 벽을 쌓아올렸다. 집안 분위기가 심상치 않은 날에는 일찌감치 방문을 걸어 잠그고 라디오를 크게 틀었다. 그러고는 일기장이나 침대 위에 펼쳐놓은 책 속으로 도망쳤다.

행복하고 싶은 게 잘못인가요?

〈우리집〉의 주인공 열두 살 하나(김나연)는 가족 불화를 나 몰라라 방관하지 못한다. 나하고는 여러모로 다른 캐릭터다. 날 선 대화를 나누는 부모 사이에서 어쩔 줄 몰라 하면서도 자리를 떠나지 않으며, 핀잔을 들으면서도 어떻게든 다툼을 말리고 싶어 전전긍긍한다. 하나에게 가족을 지키는 일은 지상 최대 미션 같다.

누구도 막내에게 중재를 기대하지 않지만 하나는 마지막 심폐 소생술이 될지 모를 가족 여행을 성사시키려 고심한다. 하나가 쏟은 노력을 쓸데없는 짓으로 치부하는 사람들은 우습게도 그런 쓸데없는 짓을 하게 만든 장본인이다. 네가 뭘 아느냐고, 그렇게 간단한 문제가 아니라고, 하나 마나 한 말을 늘어놓는 어른들 말이다.

하나는 끊임없이 바라본다. 집에서는 엄마 아빠의 심기를 살피고, 밖에서는 여행을 떠나는 가족의 뒷모습을 부러운 듯 쳐다본다. 마트에서 육교에서 자꾸 마주치는 자매 유미(김시아)와 유진(주예림)에게도 시선을 보낸다. 하나는 바라보는 데에서 멈추지 않고, 선행상 받은 어린이답게 자기 집과 자매의 집을 지키겠다며 팔을 걷어붙인다.

'바라보다'에 '바라다'라는 말이 들어 있는 이유는 바라보는 행위에 당연히 바라는 마음이 담기기 때문일까? 바라보고 바랄 때, 우리는 그 바람을 실현하기 위해 움직이기 시작한다. 설령 실현될 확률이 낮더라도 바라는 마음 자체를 부끄러워하거나 시도해보기도 전에 포기할 필요는 없다. 그 사실을 하나하고 비슷한 나이일 때 나는 몰랐고, 하나는 알았다.

차가운 집안 분위기를 느끼지 않으려고 나는 나를 더 차갑게 얼리는 방법을 선택했다. 행복한 가족은 불가능한 꿈이라고 일찌감치 결론 내렸다. 행복한 가족을 꿈꾸는 누군가의 간절한 소원을 듣고 나도 모르게 옅은 조소를 내뱉은 날, 나는 내 안의 냉기에 소스라치게 놀라고 말았다. 나를 가장 춥게 만든 사람은 다름 아닌 나 자신이었다.

얼음장 같은 마음을 붙들고 많이 울었다. 눈물이 없는 사람인 줄 알았지, 흘리지 못한 눈물이 마음 깊숙한 곳에 꽝꽝 얼어 있는 줄은 몰랐다. 덕분에 아무것도 바라지 않는 사람처럼, 바라는 일이 허락되지 않은 사람처럼 감정을 마비시키며 살던 나는 과거가 됐다.

"행복하고 싶은 게 잘못인가요?"

마치 이렇게 묻는 듯 고군분투하는 하나를 보고 묘하게 안심이 된다. 어린 시절 나처럼 지레 겁먹고 체념하는 아이가 아니라서 다행이다. 바랄 줄 아는 아이라서 정말이지 다행이다.

집 밖에서 만난 '우리'

집을 지킬 수도 있다는 희망에 부푼 하나와 유미, 유진은 모아놓은 종이 상자로 집을 만들기 시작한다. 상자를 꾸미고 색칠하며 아이들은 자기들만의 예쁜 종이 집을 완성한다. 유미네 집에서 셋이 함께하는 시간은 옥상 가득 비치는 햇살만큼이나 밝고 따뜻하다.

'함께여서 매일이 기적인 거야.' 옥상 물놀이 장면을 담은 영화 포스터에 적힌 문구다. 이 기적을 가능하게 만든 매개물은 옥상에 있는 방울토마토다.

"우리 가족 토마토 나무. 함부로 먹지 마세요."

화분에 꽂힌 팻말을 읽으며 하나가 가지에서 떨어진 토마토 한 알을 집어들 때 유진이 다가온다. 머쓱해진 하나가 안 먹는다며 안심시키자 유진이 천진한 얼굴로 말한다.

"괜찮아. 언닌 먹어도 돼."

이런 마법 같은 말이라니. 토마토를 손에 꼭 쥔 하나의 얼굴에 웃음이 피어오른다. 하나와 자매는 우리 집과 남의 집이라는 경계를 뛰어넘으며 서로 특별한 존재라는 사실을 확인한다. 가족에게 느끼지 못한 소속감과 친밀함을 경험한 하나는 행복하다. 그날 밤, 잠을 자면서도 입가에 웃음이 떠나지 않던 하나를 보면 알 수 있다.

중학교 때 명절을 맞아 놀러 온 고모가 내게 물었다.

"넌 엄마가 좋니, 아빠가 좋니?"

세 살짜리한테도 안 할 질문을 던지는 무례함에 화난 나는 엄마가 옆에 있는데도 고모를 무안하게 할 작정으로 쏘아붙였다.

"둘 다 싫은데요?"

순간 엄마에게서 예상하지 못한 대답이 돌아왔다.

"나도 너 싫거든!"

나는 당황한 표정을 숨기지 못한 채 서둘러 자리를 피했다.

말에는 힘이 있어서 마음에 자물쇠를 채우기도 하고 무장 해제시키기도 한다. 남이 하면 흘려들을 말도 가족이 하면 왜 그렇게 뼈에 사무치던지. 대꾸하지 않고 무시하거나 차라리 둘 다 좋다고 받아쳐야 했는데, 순발력이 부족한 나 자신을 두고두고 책망했다. 엄마와 나는 왜 서로 상처를 주는 말밖에 하지 못한 걸까?

가족이기 때문에 마법 같은 순간을 만들 기회가 더 많이 주어질 듯하지만, 나처럼 어리석은 이들은 그 기회를 날려버릴 뿐 아니라 주워 담을 수 없는 말을 내뱉으며 관계를 무참히 어그러뜨리기도 한다. 그러나 우리에게 가족만 있지는 않다. 가족 밖에서도, 너와 나를 '우리'로 만드는 마법 같은 기회는 드물지만 운명처럼 찾아온다.

하나에게는 유미와 유진이, 유미와 유진에게는 하나가 있었다. 나에게도 너니까 괜찮다고 말해주는 친구가 있었다. '우리'라는 단어는 무엇을 수식해 테두리를 만들지 않고 그냥 '우리'일 때 가장 품이 넓다. 때로는 '우리 집'보다 집 밖의 '우리'가 안식처가 된다.

변하지 않았지만 분명 변한

결말을 아는 드라마를 보는 심정이었지만, 그래도 아이들이 한 노력이 효과가 있기를 바랐다. 그러나 아이들을 둘러싼 세계는 쉽사리

변하지 않았다. 적어도 영화 속에서는 그랬다. 내 현실에도 반전은 없었다. 엄마와 아빠는 내가 성인이 될 때까지 갈등을 방치하다가 이혼했고, 우리 삼 남매는 부모를 떠나 각자 가정을 꾸렸다.

변하지 않은 것은 더 있다.

"우리가 이사 가도 언니는 계속 우리 언니 해줄 거지?"

"당연하지. 언니는 계속 너희 언니 할 거야."

하나와 유미, 유진의 관계는 변하지 않았다.

"든든하게 먹고 진짜 여행 준비하자."

하나는 여행을 포기하지 않았다.

그러나 분명 변했다. 하나는 그해 여름을 보내며 더욱 단단해졌다. 어떤 일도 벌어질 수 있는, 삶이라는 진짜 여행을 떠날 준비가 된 느낌이다. 가족 분위기에 일희일비하던 하나는 따뜻한 밥을 짓는 정성으로 자기 삶도 따뜻하게 만들어갈 듯하다.

나도 변하지 않았지만 분명 변했다. 처음 '우리 집'에서는 화목한 가족을 감히 꿈꾸지 못했지만, 결혼 뒤 생긴 '우리 집'에서도 여전히 화목한 가족을 꿈꾸지 않는다. 다만 가족 구성원들이 따로 또 함께 행복하기를 바란다. 내가 꾸린 우리 집은 서로 발목을 잡기보다는 더 넓은 세상으로 나가라고 등 떠밀며 응원하는 곳이면 좋겠다.

올해 아홉 살인 딸은 삼인 사각 경기를 하듯 가족끼리 뭐든 함께하기를 (아직은!) 원한다. 나는 딸의 시한부 가족주의에 장단을 맞출 만큼 인내심과 연기력이 생겼다. 딸이 성장해 스스로 그 '주의'를 벗어나는 날, 박수 치며 축하해줄 생각이다.

어느덧 내 인생의 빙하기와 해빙기가 지나간 모양이다. 과거와 현재를 넘나들며 영화에 푹 빠져들었지만, 아프고 슬프기보다는 묵묵하고 애틋했다. 길 잃은 아이들이 종이 집을 밟으며 목 놓아 우는 장면에서는 속이 후련했다. '얘들아, 잘했어! 집은 무겁게 등에 짊어지고 다니는 게 아니야. 그것도 집에서 가장 어린 너희들이 짊어지면 안 돼. 그럴 필요 없어. 그깟 집 좀 구겨지면 어때. 중요한 건 너희들이야. 누구도 너희를 구길 수 없어.'

아이들을 둘러싼 최초의 세계는 언젠가 한 번은 허물어진다. 그러나 유미네 옥상 작고 초라한 화분에서 방울토마토가 빨갛게 열매 맺듯이 아이들은 어떤 상황에서건 자기만의 생명력으로 눈부시게 자라난다. 현실 속 일상이 매일매일 기적은 아니지만, 누군가하고 '함께하는' 짧은 기적의 순간이 우리를 삶에 더 단단히 뿌리내리게 한다.

장석주 시인은 대추 한 알도 '저절로 붉어질 리 없다'고 노래했다. 맞는 말이다. '저 안에 태풍 몇 개/ 저 안에 천둥 몇 개/ 저 안에 벼락 몇 개.' 우리는 모두 그런 시간을 통과해 붉어진 대추 한 알이자 방울토마토다. 그러니 서로 감탄과 경외의 눈빛으로 바라볼밖에. 기적은 바로 그런 순간에 찾아온다. 우리는 이미 기적이 되기에 충분하다.

기, 생, 충 사이에도 거리가 필요해

▶ 〈기생충〉(2019)

홍애리

무시형 불안정 애착 유형 인간. 사람들과 쓸데없이 밀당하며 부끄러운 흑역사를 쓰다가 요즘은 적당한 거리감을 찾은 듯하다.

"난 늙어서 절대 저렇게 되지는 않을 거야."

놀러 가는 지하철 안, 칸칸이 다니며 전단을 붙이는 할머니를 보더니 남자 친구가 말했다. '저렇게? 무슨 뜻이지?' 막 사귀기 시작한 사이라 대놓고 묻지는 못했지만, 단면만 보고 타인의 전체 삶을 지레짐작하는 경솔한 행동이 어딘지 모르게 불편했다.

삶이 미세하게 분화될수록 타인의 삶은 점점 상상하기 어렵게 된다. 반응은 크게 두 가지로 나뉜다. 아예 상상하지 않거나(무관심하거나), 자기 마음대로 상상하거나. 자기 마음대로 상상할 때, 상상은 클리셰로 가득하다. 상상력의 빈곤이자 경험치의 한계다.

영화 〈기생충〉은 반지하에 사는 가족과 호화 저택에 사는 가족이 지닌 욕망을 우리가 흔히 상상하는 그대로 재현한다. 설정 자체도 진부하기 짝이 없다. 그러나 등장인물들은 인간의 마음에 내재한 보편적 욕망을 적나라하게 드러내어 대리 만족을 주며, 이야기는 식상함을 벗어나려고 더욱 기괴하게 진화한다. 〈기생충〉은 그렇게 전세계가 열광하는 영화가 됐다.

욕망이 내달려 도착한 곳

기택 가족은 무능력과 지질함, 궁상과 굴욕 속에서도 분열하지 않고 덩어리져 있다. 타인들이 설정한 경계를 아무런 자각 없이 넘나들면서 욕망을 팽창시킨다. 타인의 삶에 되돌릴 수 없이 깊숙이 들어간 뒤에야 자기가 한 행동이 타인들이 자기를 침범할 여지를 준

사실을 안다. 기택 가족은 비록 사기를 치기는 하지만 각자 임무와 자격을 부여받아 박 사장네 대저택에 입성한다. 그러나 허락된 시간과 공간을 벗어나 대저택의 거실을 침범하면서 크나큰 대가를 치른다. 기택이 거실 탁자 밑에 누워 박 사장과 연교의 대화를 엿듣는 장면이 가장 인상적이었다. 정확히 말하면 어쩌다 듣게 됐지만.

가만있어 봐. 킁킁. 어디서 그 냄새가 나는데? ……김 기사님 스멜. 은은하게 차 안에 퍼지는 냄샌데……. 행주 삶을 때 나는 냄새, 그런 거랑 비슷해. ……근데 냄새가 선을 넘지, 냄새가. 차 뒷자리로 존나게 선을 넘지, 씨발.

꼼짝 않고 누워 있던 기택은 슬며시 윗옷을 당겨 코에 대어보고는 질끈 눈을 감는다. 나는 할 수만 있다면 영화 속으로 들어가 기택의 귀를 막고 싶었다. 부부끼리 잠자리에서 나누는 사적인 대화였다. 차 뒷자리도 모자라 한밤중 집 안 거실까지 선을 넘어 들어온 '냄새들'은 박 사장의 '선 긋기'에 소리 없이 치명상을 입었다. 브레이크 없이 내달려 도착한 곳이 덫이 된 셈이다.

몰라도 되는 타인의 속내를 알게 되는 일은 풀려날 길 없는 저주이자 벗어나지 못할 올무다. 영화는 클라이맥스를 향해 나아갔지만, 나는 기택이 누워 있는 거실 탁자 밑을 떠날 수 없었다.

바퀴벌레 같다는 아내 말은 웃어넘겨도, 지하실 냄새에 코를 틀어막고 뒷걸음질치는 타인에게는 충동적으로 칼을 내리꽂는 기택. 그날 기택이 탁자 밑에 없었다면, 거기에서 박 사장 부부가 나누는 대화를 듣지 않았다면, 결말은 어떻게 달라졌을까?

타인의 지하실을 열어버린 대가

알아야 속지 않고, 알아야 안전하고, 알아야 나를 지킬 수 있다고 믿은 때가 있었다. 그러나 어디까지 알아야 하는지는 알지 못했다. 미심쩍은 말과 행동이 느껴질라치면 궁금증 또는 불안감을 참지 못하고 판도라의 상자를 벌컥벌컥 열어젖히던 나. 진실을 알고 싶다는 미명 아래 급발진하듯 타인이 그어놓은 선을 넘는 쪽은 주로 나였다.

고등학교 3년 내내 같은 반 M. 친구 사귀는 데 재주도 없고 열정도 모자란 우리는 친구가 필요한 때면 암묵적으로 상대방을 찾았다. 우정이라 할 감정도 없는 관계에 회의를 느낀 어느 날 나는 물었다.

"너는 왜 나랑 같이 다녀? 그냥 친구 사귀기 귀찮아서 그렇지?"

나만큼이나 솔직한 친구가 응수했다.

"응. 너도 그렇잖아."

우리 관계는 끝이 났다.

궁금증은 풀렸지만 그 대가로 친구를 잃고 상처를 입은 미숙하던 시절의 에피소드. 기택과 나는 서로 다른 이유로 타인의 경계를 침범했지만, 타인이 '가진' 것을 욕망하든 타인이 '숨기는' 것을 욕망하든 거실 탁자 밑에 숨어 있는 신세는 마찬가지였다. 캐묻고 뒤지고 추측하고 확인 사살 하면서 몰라도 될 일들을 알아버린 날이면, 기택처럼 들킬까 봐 티를 내지도 못하고 홀로 수치심을 뒤집어써야 했다.

기택이 느낀 모욕감에 몸서리치는 한편, 굳이 남의 집에 들어가서 기분 내다가 저 꼴을 당하고 마는 속물적 욕망에 넌더리가 났다. 게다가 왜 기택 가족들은 징글징글하게 사이가 좋아서 누구 하나 서로 멈춰 세우지 못하는가. 마치 하나의 자아가 돼 움직이는 듯한 기택 가족을 보면 기이함마저 느껴졌다.

영화라는 극적 설정에 '만약'이 무슨 소용인가 싶지만 끝내 파국으로 치달은 인물들은 안타까웠다. 서로 도움이 되는 선에서 모른 척 기생하는 관계라면 적당히 공생하면서 잘 지낼 수도 있지 않았을까? 공생할 기회를 영영 날려버린, 서로 적당히 속이고 속아주는 무해한 관계를 끝장내버린, 그런 '선 없음'과 '선 넘음'을 탄식했다.

선 넘으려는 무례함을 내려놓고

알아야 직성이 풀리던 시기가 막을 내린 시기는 연애라는 복병을 만난 때였다. 시시콜콜 알고 싶지만 알려고 덤벼들수록 꼬이는 관계라니, 이 쿨해질 수 없는 애끓는 마음을 어찌한다는 말인가. 베개 위에 휴지를 여러 장 깔고 눈물을 또르르 흘리며 잠든 날들의 끝은 갑작스레 찾아왔다. 감정이 상하면 곧잘 잠수를 타던 남자 친구가 또다시 연락 두절이 됐는데, 불안감에 잠 못 이루던 새벽 불현듯 결심했다. '알려고 하지 말자. 그 사람 마음은 그 사람 것이니.'

사흘 동안 이어진 잠수를 마치고 뭍으로 나온 남자 친구는 이별을 고했다. 타격을 덜 받으려고, 배신감을 덜 느끼려고, 늘 상대방의 미세한 변화에 신경을 곤두세운 채 데이터를 모으고 예행연습을 했다. 그런데 대비 없이 맞이한 이별은 생각보다 괜찮았다. 어떤 뿌듯함마저 느껴졌다. 타인의 속마음을 추측하는 데 골몰하지 않고 평안하게 지낸 나, 나와 타인을 괴롭히지 않고 믿고 기다린 나, 타인의 마음이 나 하기에 달려 있다는 망상에서 벗어나게 된 나에 관해.

그때인 듯하다. 존중과 신뢰라는 이름으로, 때로는 무심함이라는 이름으로 타인을 함부로 들여다보려는 무례한 마음을 내려놓기 시작했다. 상대방이 보여주는 만큼 보고, 되도록 액면 그대로 믿고, 지나치게 궁금해하거나 의심하지 않으려 했다. 가끔 뒤통수를 맞기도 했지만, 자책하지는 않았다. 믿는 마음이 잘못은 아니니까.

선 지키기는 친밀한 타인인 가족 관계에서도 중요하다. 가족 개개인에게도 각자의 지하실이 있으며, 상대방이 열어 보여주지 않으면 그곳에 멋대로 접근할 권리는 없다. 서로 침범하고 침범당하며 선을 뭉개기보다는 어느 정도 미지 영역으로 남겨두고 발걸음을 멈출 때, 다 같이 진창에 뒹구는 불행을 피할 수 있다.

지금 내 배우자는 연애 시절부터 나에게 불필요한 관심을 쏟지 않았다. 거리 조절에 에너지를 쓰지 않아도 돼 좋았고, 무심한 나를 애정 없는 사람으로 오해하지 않아서 편했다. 결혼 10년 차인 지금도 우리 부부는 여전히 적당히 무관심하며, 드러내고 싶어하지 않는 내밀한 지하실을 엿보는 대신 각자 생활에 몰두하고 있다.

모두 살 수 있는 길

다른 결말을 상상해본다. 영화로 만들 필요가 없을 만큼 심심한 결말일 테지만 말이다. 기우는 영어 과외를 계속하면서 학생들 점수를 올린다. 제시카 기정은 심리 치료를 겸하는 미술 선생님으로 경력을 쌓는다. 기택은 안정적인 운전 실력과 푸근함으로 박 사장한테 신임을 얻는다. 힘 좋은 충숙은 연교를 도와 대저택의 살림을 빈틈없이 해낸다. 지하실의 비밀은⋯⋯지켜주는 편이 낫겠다. 이렇게 두 집, 아니 세 집 모두 살아남는다.

봉준호는 자기가 찍은 영화에는 악인도 없고 선인도 없다고 말했다. 사람은 누구나 악인이면서 선인이다. 계층은 그 사람의 인간성을 보장하지 않는다. 세상이 부자와 빈자로 단순하게 나뉠 듯하지만, 그 안에도 다양한 관계의 역동과 파장이 있다. 〈기생충〉속 인물들은 어떻게든 '생'하기 위해 애쓰는 인간 군상의 일원이었다.

스스로 노력하지 않고 남에게 덧붙어서 살아가는 사람을 낮잡아 이르는 말, 기생충. 이 단어 사이에 쉼표를 찍어 간격을 조금 벌려보자.

기, 생, 충. 기, 사람은 홀로 살 수 없다. 어느 정도 서로 기대고 의지하면서 살아간다. 생, 이 세상에 태어난 이들은 살려고 하는 의지를 지닌다. 생의 의지는 인간의 본성이다. 충, 벌레. 혐오 표현에 자주 따라붙어 부정적인 뜻으로 쓰이는 단어. 그러나 마음속에 벌레 한 마리 없는 사람이 있을까.

상대방을 해하지 않고 함께 살아가려면 적절한 거리가 필요하다. 거리를 두고 바라보면 나 자신을 포함해 우리 곁에 있는 대부분은 '기생충'이 아니라 '기, 생, 충'이다. 우리에게는 들키지 않을 안전한 지하실이 필요하다. 보통은 값나가는 물건을 지하실에 숨기지 않는다. 알면 다치는 것들, 몰라도 되는 것들을 보관한다.

아는 것이 힘일 때도 있지만 모르는 게 약일 때도 있다. 적당한 관계를 맺는 쪽이 이로울 때도 있다. 의도와 목적과 속마음을 어느 정도 지하실에 숨겨두더라도 우리는 공생할 수 있다. 아무리 생각해도 기택이 탁자 밑에 없는 편이 더 나을 뻔했다. 보고들은 것을 안 보고 안 들은 양 자기 자신까지 완벽하게 속일 수 없다면, 타인에게 너무 깊숙이 들어가지 않는 쪽이 모두 '사는' 길이다.

'헤픈 가족'은 어떨까요

▶ 〈가족의 탄생〉(2006)

자일리

어쩌다 4인 가족을 꾸리게 됐다. 가족이라는 감옥에 갇힌 기분이 들 때면, 다른 가족들은 어떻게 사는지 궁금해진다.

어쩌다 4인 가족

'노처녀'와 '노산'이라는 꼬리표를 달까 봐 급행열차 타듯 원가족을 떠나 새로운 가족을 꾸렸다. 만 35세 가까운 나이에 한 결혼이라 신혼 초부터 아이 갖는 일에 몰두했다. 얼마 안 가 임신을 했고, 산모 교실에서 배운 대로 자연 분만과 모유 수유를 해냈다.

아이 스스로 식사와 배변을 할 수 있게 될 즈음, 예고도 없이 입덧이 시작됐다. 마흔을 앞두고 또다시 육아라는 긴 터널 속으로 들어갔다. 잠시 숨 고르며 뒤를 돌아보니 우리는 어쩌다 4인 가족이 돼 있었다.

4인 가족이 되는 과정에서 법적 의무로 규정된 몇 가지 신고를 했다. 먼저 신혼여행에서 돌아와서 한 혼인 신고. 신고 서식에는 '자녀의 성·본을 모의 성·본으로 하는 협의를 하였습니까'라는 항목이 들어 있었다. 잠시 멈칫하다가 '아니오'에 체크했다. 관습대로 아빠 성을 따르기로 하고 말았다.

아이를 낳은 뒤에는 바로바로 출생 신고를 했다. 출생 뒤 한 달을 넘기면 과태료를 물어야 한다고 해서 젖몸살을 앓으면서도 아이 이름을 정하느라 진땀을 흘렸다. 나라가 정한 행정 시스템에 맞춰, 그렇게 나는 가족이라는 제도에 편입됐다.

부모와 자녀로 구성된 전형적인 핵가족 형태. 한국 사회는 이런 가족을 '정상 가족'이라 불렀다. '정상正常'은 '특별한 변동이나 탈이 없이 제대로인 상태'를 뜻하는데, 내 결혼 생활은 그런 정의하고는 거리가 멀었다. 육아 시행착오와 가사 분담에 지쳐 부부 싸움을 하는 날이 부지기수였고, 워킹 맘의 '워라밸'은 외발자전거 타기에 가까웠다. 가족을 유지하는 일은 왜 이토록 고달플까.

한쪽에서는 '정상 가족'을 비난하는 목소리가 들려왔다. "가족은 곧 계급이다. 교육 문제, 부동산 문제, 성차별을 만들어내는 공장이다." 여성학자 정희진이 쓴 이 신랄한 문장을 맞닥뜨린 때는 억울한 마음마저 들었다. 그런데 아니라고, 나는 주체적인 가족 문화를 실천하고 있다고 자신만만하게 말할 처지도 못 됐다. 때때로 가족이라는 감옥에 갇힌 기분이 들 때, 대체 다른 가족들은 어떻게 살아가고 있는지 궁금해지기 시작했다.

점 하나만 찍으면 '도로 남'

"꼭 민법이 인정해줘야만 가족인가요? 살 맞대고 다정하게 살아갈 수 있다면 그것이 가족 아닌가요?"

무려 15년 전 〈가족의 탄생〉이라는 영화를 통해 근본적인 질문을 던진 감독이 있었다. 가족과 가족 아닌 이들을 구별하는 기준이 과연 제도일까? 비록 제도로 묶여 있지만 원수보다 못한 가족들도 있지 않은가? 김태용 감독은 제도 바깥에서 서로 기대어 사는 사람들 이야기를 보여주면서 가족의 의미를 되묻는다.

미라(문소리)는 떡볶이를 팔며 생계를 이어가는 비혼 여성이다. 미라에게 사고를 치며 감방에 들락거리는 남동생이 하나 있는데, 이름은 형철(엄태웅)이다.

"누나, 나 결혼했잖아."

한동안 감감무소식이던 형철이 아내라면서 슬그머니 무신(고두심)이라는 여자를 집에 데리고 들어온다. 형철보다 한참 나이가 들어 보이는 사람이다. 그러다 또 얼마 안 가 채현이라는 여자아이가 이 집 대문을 열고 들어선다. 무신의 '전남편의 전 부인'이 낳은 딸이라 한다. 개를 키우고 난을 가꾸며 살던 미라에게 식구들이 하나둘 생겨나기 시작한다. 어느덧 이 사람들은 함께 밥을 차리고 먹는 사이가 된다.

"그래, 이런 가족도 있을 수 있지. 혼인과 출산으로 엮이지 않더라도 얼마든지 다른 사람이랑 정붙이면서 살아갈 수 있지."

〈가족의 탄생〉은 이런 유연성을 심어준다. 정상과 비정상이라는 구분을 허물고 우리가 가족에게서 바라는 진정한 포용력을 기대하게 하는 영화다.

내 마음은 잠깐 동안 말랑말랑해지기도 했지만, 이내 현실 감각이 고개를 치켜들었다. 정만 갖고 살 수 있나? '가족'이라 부르든 '생활동반자'라 칭하든, 화폐를 벌어 오고 가사 노동을 해야 하는 현실은 여전히 남지 않나? 그래서인지 다음 장면에 시선이 오래 머물렀다.

첫 만남에서 조신한 모습을 보인 무신은 다음날 자연스레 담배 한 대를 꼬나물고는 〈도로남〉을 흥얼거리며 그릇을 정리한다. 낑낑

대며 형광등을 갈아 끼우는 미라를 돕기도 한다. 손님 같은 어색함이 별로 없다. 두 여자가 마음 맞춰 집안일을 하는 사이, 형철은 어디 있는지 코빼기도 보이지 않는다. 그러고는 한잔하고 온다며 집을 나간 뒤로 영영 소식이 없다.

'님이라는 글자에 점 하나만 찍으면 도로남이 되는 장난 같은 인생사'라는 가사처럼 무신과 형철은 '도로 남'이 되고, 무신과 미라, 채현이 오히려 가족을 꾸려 산다.

가족 실천으로 배우는 나눗셈

함께 산 지 이틀 만에 자연스럽게 가사 분담이 되는 관계라니. 지난 10여 년간 가사 분담 투쟁을 해온 세월이 스쳐 지나갔다. 살림 초보끼리 만나 둘 다 힘든 시간을 보냈지만, 그 무게는 결코 같지 않았다. 음식을 비롯한 각종 집안일에서 훨씬 나은 기술과 숙련도를 요구받는 쪽은 보통 아내이지 않은가.

한숨을 푹푹 쉬다가 《민들레》라는 격월간 교육 전문지를 집어 들었는데, '가족 실천family practices'이라는 개념이 눈에 들어왔다. 가족 실천이란 '개인이 가족 구성원으로 수행하는 친밀성과 돌봄, 경제적 협력과 부양 같은 상호 작용적, 일상적, 반복적, 가변적 행위'를 의미한다(유화정, 〈다양한 연결을 위한 가족구성권〉, 《민들레》 133호, 민들레, 2021).

이 개념을 〈가족의 탄생〉에 대입해보자. 무신과 미라는 매일 반복되는 '가족 실천'을 함께 수행하면서 가족이 되더니 채현의 '엄마들'로 불리는 지경에 이르렀다. 가족 실천을 제대로 수행하지 않는 구성원은 제도로 묶여 있더라도 한 가족이라고 보기 힘들다. 권위를 앞세워 큰소리만 쳐대는 가부장적 아버지나 형철 같은 내놓은 자식이 되고 만다.

가족 실천이 물 흐르듯 이어지면 얼마나 좋으랴. 맞벌이는 당연하게 생각하면서 '맞살림' 이해도는 턱없이 부족한 남편을 상대로 한 세월 옥신각신했다. 가족이라는 테두리 안에서 자연스레 오가기를 바란 배려와 존중, 이해와 감사는 결코 자발적으로 실천되지 않았다. 결국 남편과 나는 업무 분장하듯 가사 활동을 나눠 아슬아슬하게 평화를 유지 중이다.

어느 날 문득 이런 생각이 들었다.

"이제 애들도 다 컸는데, 빨래 정도는 갤 수 있지 않나?"

구구단 외우기만큼 살림 나눗셈에도 밝은 아이들로 크기를 바라면서 아홉 살, 여섯 살인 두 아이에게 제 몫의 살림을 배분하기 시작했다. 세탁기가 다 돌면 빨래를 건조기로 옮기고, 다 마른 빨래는 함께 개고, 다 개면 각자 옷장에 집어넣는다. 당분간은 내가 나서서 지휘봉을 휘둘러야 하는 처지이지만, 가족 실천이 점점 엔 분의 1에 가까워지리라는 희망을 품고 산다.

얼마 전 큰아이가 방과 후 수업으로 요리를 신청하겠다고 했다. 그 말을 듣고 나는 필요 이상으로 호들갑을 떨면서 반가워했다. 자취를 하건 누군가하고 끼니를 함께하며 살아가건, 요리는 삶의 필수 기술이 아니겠는가. 국영수보다 요리와 살림에 능한 사람이 되기를 진심으로 빌면서 '난이도 하'의 살림 목록을 하나둘씩 아이들 앞으로 넘기고 있다.

"유리창이나 창틀 닦기 정도는 너희도 이제 잘할 수 있겠는데?"

헤픈 게 나쁜 거야?

가족 실천을 꼭 가사에 한정 지을 필요는 없다. 등에 파스를 붙여주거나 보기 싫게 삐죽 솟아난 새치를 뽑아주는 일, 보드게임이나 배드민턴 짝꿍이 돼주는 일, 문제집 채점을 해주고 숙제를 봐주는 일 등도 가족 실천의 예시가 된다. 내 시간을 너그러이 헐어내어주는 일들 속에 돌봄의 감수성이 스며 있다.

채현은 미라와 무신이 가족을 자발적으로 돌보는 모습을 보며 자랐다. 그리하여 네 편 내 편 구분 않고 돌봄이 필요한 곳에 어디든 머무르는 사람으로 성장했다. 험하고 속된 세상에서 채현은 해맑게 튀는 사람이다. 돈도 빌려주고, 길 잃은 아이도 찾아주고, 조문객으로 간 초상집에서 가만히 앉아 있지 못하고 쟁반을 나른다.

그런 채현을 바라보는 남자 친구 경석(봉태규)은 야속하고 외롭다. 그러다 '나한테 좀 집중해줘. 나를 더 바라봐줘'라는 말

대신 다른 말로 감정을 와르르 쏟아놓고 만다.

"넌 너무 헤퍼."

'헤프다'라는 말은 흔히 성적 문란함을 비난하는 뜻으로 쓰이지만, 영화 속에서 이 말은 두 사람이 관계를 바라보는 관점에서 나타나는 차이를 선명하게 드러낸다.

채현은 항변하거나 자기를 탓하는 대신 되묻는다.

"헤픈 게 나쁜 거야?"

연인 사이나 가족 안에서 '헤프다'는 말은 무슨 뜻일까? 애정 어린 돌봄이 둘 또는 서넛의 규정된 관계를 넘어서면 헤프고 나쁜 사람이 되고 마는 걸까? 채현은 경계 없는 돌봄을 실천하면서 가족 테두리에 갇힌 옹졸한 마음을 콕콕 찌른다.

헤픈 사람보다 인색한 사이 더욱 나쁠지도 모른다. 가족 실천에서 네 일 내 일 따지지 않는 '헤픈 가족'을 상상한다. 아이들에게 벌써 집안일을 시키면 어떻게 하냐고 타박하던 남편에게 되묻고 싶다.

"돌봄 감수성을 가르치는 일이 나쁜 거야?"

아이들이 부디 자기 돌봄을 할 수 있는 사람으로 자라나 헤프게 돌봄을 주고받는 사람이 되기를.

쿨한 게 아니라 노력하는 중입니다

▶ 〈보이후드(Boyhood)〉(2014)

김은희

이혼 3년차. 아이들을 위해 전남편하고 원만하게 지내려 노력 중이다. 아메리칸 스타일이냐는 소리를 종종 듣는다.

부부는 아니지만 부모니까

우리는 여전히 자주 연락을 주고받는다. 2년 전 법적으로 남남이 된 사이이지만 우리에게는 어린 아이들이 남았다. 협의 이혼을 진행하다가 법원에서 자녀 양육 안내를 받았다. 이혼 뒤에 부모나 부모 가족들이 전 배우자를 비난하거나 없는 사람 취급할 때 아이들이 받는 심리적 압박이 교육 영상에 생생히 담겨 있었다.

이혼에 이르기까지 갈등과 상처가 많았지만, 나는 아이들을 위해 좋지 않은 감정은 털어버리기로 했다. 애들 아빠에게도 앞으로 부부는 아니지만 양육이라는 공동 목표를 가진 친구로 잘 지내고 싶다고 말했다. 부부 관계를 냉정하게 끝내는 내게 삐딱하게 굴던 그 남자도 끝이 아니라 새로운 시작이라는 말에 마음이 누그러진 듯했다.

나는 아이들하고 함께 살면서 안정된 환경을 만들려 노력하고, 애들 아빠는 주말마다 아이들을 데려가 같이 시간을 보내면서 친밀한 관계를 유지하려 노력한다. 평소에는 아이들 사진과 일상을 공유하고, 한 달에 한 번은 둘만 만나 밥을 먹는다. 아이들 때문에 각자의 부모를 만나게 되면 친구 부모 대하듯 자연스레 인사를 건넨다.

각자 행복하고 건강하게 살면서 교류하자는 목표를 실천하기는 쉽지 않다. 관계를 재설정하느라 팽팽한 줄다리기를 하고, 양육비 문제로 새벽까지 메신저로 옥신각신한다. 잘 지내다가도 한 번씩 갈등이 터진다. 그래도 다시 화해하고 재발을 막을 장치를 공들여 설계한다.

우리가 건강한 관계를 유지하는 이유는 부모로서 아이들하고 좋은 관계를 맺는 데 도움이 되리라는 믿음 때문이다. 육아는 한두 해로 끝날 일이 아니니까.

다시는 돌아가고 싶지 않아

여섯 살 메이슨 주니어(엘라 콜트레인)는 엄마 올리비아(패트리샤 아퀘트)와 누나하고 함께 산다. 어느 날 이혼 뒤 알래스카로 떠난 아빠 메이슨 시니어(이선 호크)가 1년 반 만에 돌아온다. 할머니(올리비아의 엄마) 집에서 아이들을 픽업해 볼링장에서 시간을 보내던 아빠는 아이들에게 재결합하고 싶으니 도와달라 부탁한다. 그러고는 아이들을 할머니 집으로 데려다주는 대신 아이들 사는 집에서 올리비아를 기다린다. 올리비아는 아무 합의 없이 행동해서 자기 일정을 망친 메이슨 시니어에게 화를 낸다. 결혼 생활을 정리할 때까지 숱한 싸움이 이런 식으로 벌어진 모양이다. 영화 〈보이후드〉 이야기다.

그 모든 일이 별것 아니라는 듯 너무 쉽게 재결합을 말하고 올리비아를 가볍게 무시하는 메이슨 시니어의 모습에 애들 아빠가 겹쳐졌다. 좋은 부모가 되자는 데는 합의했지만 우리 둘의 관계에 관해서는 자주 의견이 부딪혔다.

애들 아빠는 꾸준히 재결합하려는 의지를 내비쳤다. 언젠가 가족 곁으로 돌아가겠다고 말하거나, 뜬금없이 내가 최고라는 식의 애정 표현을 거리낌 없이 했다. 이혼 뒤 더 잘하려고 노력하는데도 내가 계속 철벽을 친다며 서운해했다.

애들 아빠는 이혼을 한 결정적 사유가 된 사건을 사과하고 후회했지만, 나는 결혼 생활 전반에 걸쳐 나쁜 기억이 더 많았다. 아주 사소한데 매일 반복돼서 또 설명해야 하는 자괴감마저 들던 집안일들, 약속 시간에 늦을까 봐 혼자 발을 동동거리며 애들 아빠를 재촉하던 순간들, 아이가 어린데도 가족 일정보다 개인 일정을 우선하면서 벌어진 다툼과 크고 작은 눈속임까지.

말하지 않으면 모른다고 해서 좋게도 말해보고 싸우기도 했다. 도돌이표처럼 숱하게 반복된 순간들은 나에게만 선명히 남고 상대는 그저 흘려버렸다. 재결합 타령에 울컥해 함께 사는 동안 내가 느낀 답답함과 좌절, 외로움을 다시 한 번 설명한 날, 내 안에 남아 있던 감정들이 눈물과 함께 복받쳐 올랐다.

서로 안 맞는 점을 분석하고 결혼을 선택한 나 자신을 탓하는 데 시간과 에너지를 쏟던 그 시절로 다시는 돌아가고 싶지 않다. 이제는 애들 아빠가 모임에 얼마나 자주 나가든, 내게 뭘 감추든, 집안일을 미루고 퍼져 있든 내 알 바 아니다. 나는 재결합을 전제한 표현들이 불편하다고 여러 차례 지적한 뒤 더는 대꾸하지 않기로 했다.

가족의 재구성

이혼 이후 집을 구해 엄마와 동생하고 함께 살기 시작했다. 평일에는 엄마가 주 양육자로 어린이집 등원과 하원을 맡는 대신, 나하고 동생은 퇴근 뒤에 아이들을 돌보고 주말에는 내가 아이들을 전담한다. 육아와 가사가 얼마나 힘든지 잘 아는 여자 셋이 살다 보니 어떤 사람이 일방적으로 희생한 덕분에 집이 유지된다는 느낌이 들지 않도록 서로 신경쓰고 배려한다.

애들 아빠는 주말 중 하루를 골라 아이들을 만난다. 처음에는 혼자서 아이 둘을 돌봐야 하는 시간을 어려워했다. 같이 살 때는 그런 시간이 길지 않고 내가 배려해 낮잠이라도 잘 수 있었는데, 혼자서 온종일 아이 둘을 감당하려니 막막해했다. 이제는 경험이 쌓여 혼자서 거뜬히 할 수 있게 됐다.

아이들은 주말에만 아빠를 만나는 생활에 꽤 빨리 적응했다. 처음에는 헤어질 때 울기도 하고 아빠가 왜 자기들하고 같이 살지 않는지 궁금해했다. 아빠는 아빠 집에 산다고 처음 말한 날 새로운 상황에 낯설어하는 아이들을 보며 심란하기도 했다. 그래도 아이들은 곧 아빠 집을 자연스럽게 받아들였고, 주말에 집중해서 놀아주는 아빠를 여전히 좋아한다.

이혼기념일이 두 번 지난 지금, 나는 내 삶에 만족한다. 언젠가 아이들이 메이슨 주니어처럼 지금도 아빠를 사랑하느냐고 물으면 올리비아처럼 사랑한다고 대답할 수 있을지는 모르겠다. 그래도 같이 살기가 모든 사람에게 좋지는 않다고, 우리가 각자 행복을 찾으며 살아온 시간이 소중하다고 말해줄 생각이다.

불안을 내려놓다

이혼 신고를 한 그다음 달부터 둘만의 식사를 시작했다. 애들 아빠는 이제라도 노력하는 모습을 보여주려는 듯 연애할 때도 안 한 행동을 했다. 맛있고 분위기 좋은 식당을 예약하고, 나를 데리러 오고, 자주 꽃을 선물했다. 그러나 몇 년 동안 줄어든 대화가 갑자기 샘솟을 리 없었다. 아이들 이야기를 하다가 근황을 확인하고 나면 침묵이 흘렀다.

코로나 확진자 수가 천 명을 넘어간 어느 날, 식사를 한 달 건너뛸까 하니까 애들 아빠가 자기 집에서 밥을 먹자고 했다. 정신이 번쩍 들었다. 그 집에 가서 무슨 일이라도 생기면? 사람들은 전남편 집에 간 내 잘못이라고 하겠지? 양육자로서 잘 지내기로 합의한 우리 사이를 이해받을 수 있을까? 나는 제안을 거절했고, 굳이 이유를 설명하지는 않았다. 상대방이 기분 나쁘지 않게 내 불안을 풀어낼 자신이 없었고, 피해망상이라고 비난받고 싶지도 않았다.

재결합 타령은 차차 잦아들었지만 그래도 애들 아빠가 뭔가를 기대할까 봐 늘 불안했다. 언젠가 관계가 틀어지면 해를 당하지 않을까 두려웠다. 이 글을 쓰던 도중에 식사 약속이 있었다. 나는 그동안 말하지 못한 불안을 꺼냈다. 서로 귀한 시간을 내어 만나는데 재결합 가능성으로 해석될까 봐 네 이야기에 진심으로 반응하지 못했다고, 대화가 끊긴 순간에도 말 한마디 편하게 대꾸하지 못한 채 어색하게 침묵해야 했다고.

지난 한 해 동안 여성이 남편이나 애인 등 친밀한 관계에 있는 남성에게 살해되거나 살해될 위험에 놓인 사건이 1.6일마다 1건씩 보도됐다. 애들 아빠는 자기가 왜 나를 해치겠냐며 그런 특이한 사건에 감정 이입하는 내가 지나치다고 했다. 나는 관계가 자기 뜻대로 풀리지 않는다는 이유로 쉽게 화를 내고 상대방을 위협하는 상황이 흔하게 발생한다는 점을 강조했다.

그날 그 대화를 기점으로 나는 여지를 줄까 봐 두려워하거나 조심하는 행동을 그만두겠다고 선언했다. 잘 모르는 사람들이 오해하더라도, 적어도 우리 둘 사이에서는 호의가 여지는 아니라는 점을 분명히 하고 싶었다. 마음이 한결 편안해졌다.

열린 자세로 나아가기

메이슨의 부모는 각자 새로운 가정을 꾸린다. 올리비아의 남편은 아빠를 만나러 가는 메이슨 남매를 자연스럽게 배웅한다. 메이슨 시니어의 아내도 남편하고 함께 메이슨 남매를 데리러 와 올리비아하고 포옹하고, 남편이 메이슨하고 영상 통화를 할 때 뒤쪽에서 이복동생의 손을 반갑게 흔들어준다.

메이슨이 열다섯 살 생일을 맞은 날 남매는 새엄마 부모님 집으로 초대받아 할머니와 할아버지하고 함께 파티를 한다. 친모, 친부, 계모, 계부, 친자식 같은 단어가 어색하게 느껴지는 그 장면은 어른이니까 어른으로서 아이들을 환대하는 따뜻하고 안전한 느낌을 줬다.

우리는 각자 새 가정을 꾸려도 영화 속 가족들처럼 어울려 지내는 일이 불가능하지는 않다는 데 의견을 모았다. 가족을 둘러싼 편견과 법적 테두리를 벗어나, 어떤 관계로 만나든 아이들을 환대할 줄 아는 어른이 되고 싶어졌다.

영화는 열여덟 살이 된 아들이 엄마 품을 떠나면서 끝난다. 고등학교 졸업 파티에서 메이슨 시니어가 올리비아에게 말을 건다.

"혼자 둘 키우느라 고생했어."

"당신이 그런 말을 해줄 줄은 몰랐네."

"사실이잖아."

"고마워."

아이들이 성인이 돼 독립하는 날 우리도 이런 대화를 나눌 수 있을까? 오랜 시간을 함께한 육아 동지로서 서로 어떤 감정을 느끼게 될까? 부부일 때는 찾지 못한, 관계를 위해 노력하는 시간을 늦게나마 차곡차곡 쌓고 있는 우리의 미래가 어떤 모습일지 궁금하다.

둘이어도 괜찮은 가족

▶ 〈우리의 20세기(20th Century Women)〉(2017)

쑤리

평범한 어른이 되기를 꿈꿨지만, 세상에 평범한 어른은 한 사람도 없다는 현실을 깨달았다. 지금은 그저 나다운 삶을 살고자 한다.

남편이 입도한 지 만 4년이 돼간다. 가끔 남편이 서울로 올라오기도 하지만, 코로나19가 터진 뒤에는 보통 나와 아이가 한 달에 한두 번 제주도로 내려가 남편을 만난다.

처음 남편이 제주도에 가서 새로운 일을 시작하고 싶다고 할 때 나는 흔쾌히 그러라고 했다. 그때 우리 관계는 한 번만 더 바람을 넣으면 터져버릴 풍선 같았다. 남편이 10년 다닌 회사를 그만두고 회계 교육 강사가 될 공부를 하고 싶다고 할 때는 1년 정도만 고생하면 그만일 줄 알았다.

예전부터 남편은 육아에 별 도움이 되지 않았고, 나는 남편 없는 일상에 빠르게 적응했다. 남편하고 분담하던 가사가 온전히 내 몫이 됐고, 남편을 짧게 만난 뒤 헤어질 때면 왠지 모를 설움에 울컥하기도 했지만, 솔직히 편한 점도 많았다. 나는 나 자신을 '싱글 맘'이라고 생각하기로 했다.

다만 아이가 마음에 걸렸다. 놀이공원에 아빠하고 함께 놀러온 아이들을 부러워하지는 않을까, '나한테는 아빠가 없다'고 느끼지는 않을까 걱정됐다. 한편으로는 엄마하고 자주 다투는 아빠보다는 가끔 보지만 다정한 아빠가 더 낫다는 생각도 들었다. 우리는 두 지붕 한 가족이 됐다.

나 혼자는 부족하지 않을까

〈우리의 20세기〉는 1979년 미국 캘리포니아 주 샌터바버라의 셰어

하우스를 배경으로 한다. 이곳을 운영하는 55세 싱글 맘 도로시아(아네트 베닝)는 17세 사춘기 아들 제이미(루카스 제이드 주만)를 이해하고 존중하려 애쓰는 훌륭한 부모이자 어른이지만, '나 혼자는 부족하지 않을까' 하는 불안에서 자유롭지 않다. 나처럼 말이다.

올해 초등학교에 입학한 아이가 작은 일에도 짜증이 잦아졌다. 혹시 아빠 부재가 아이에게 나쁜 영향을 주지 않을까 싶어 방문 미술 치료를 시작했다. 첫날 그림을 몇 개 그렸고, 선생님은 아이가 스트레스를 많이 받는 상태라고 했다. 그런데 대화를 하면서 찾아낸 원인은 전혀 예상 밖이었다. 아이에게 시간 개념을 알려주려고 타이머를 맞추면서 놀았는데, 그런 방식이 강박감을 심어주고 있었다. 멀리 있는 아빠가 문제가 아니었다.

지난 여름 방학에는 3주 동안 제주도에 내려가 셋이 함께 지냈다. 오랜만에 가족이 뭉쳐 오손도손 지내리라 기대했건만, 둘째 날부터 틀어졌다. 아이가 동네 아이들 노는 소리에 잠깐 밖에 나갔다 오더니 함께 외출하지 않고 또래 친구들하고 놀고 싶다면서 고집을 피웠다. 나는 약간 섭섭했고, 남편은 나보다 더한 배신감을 느꼈다.

사춘기가 되면 더할 수도 있다. 싱글 맘 도로시아가 겪은 일이 곧 내 미래였다. 도로시아처럼 강하고 주관이 뚜렷한 여성도 사춘기 아들하고 맺는 관계에서는 자꾸 불안해하고 쉽게 흔들렸

다. 도로시아는 아이가 좋은 사람이 되도록 이끌고 싶지만, 제이미
는 엄마 도움은 필요 없다고 말한다.

"자식이 있다는 건 정말 힘든 일인 거 같아."

셰어 하우스에 함께 사는 스물네 살 사진작가 애비(그레타 거
윅)가 위로를 건네자 도로시아는 안타까워하며 대답한다.

"애를 얼마나 사랑하든 그냥 계속 관계가 망가져."

그 막막함이, 슬픈 눈빛이 화면을 뚫고 내 마음까지 직진했다. 그
러나 마음껏 슬퍼할 새도 없이 다음날 아침 아들의 절친 줄리(엘르
패닝)에게서 제이미가 사라졌다는 전화가 온다. 도로시아와 애비,
또 다른 입주자 윌리엄은 제이미를 찾으러 서둘러 집을 나선다. 그
길 위에 도로시아가 혼자가 아니라는 사실은 그나마 다행이었다.

아이에게 영향을 주는 멋진 여성들

"나를 기른 사람은 아주 강한 여성들이다. 이 이야기는 그런 여성들
에서 시작됐다."

〈우리의 20세기〉를 만든 마이크 밀스 감독은 이런 말을 했다. 영
화의 원제도 '20th Century Women'이다. 그렇게 보면 애비와 줄리
또한 이 영화의 주인공이다.

도로시아는 제이미에게 좋은 사람이 되는 법을 알려달라고 애
비와 줄리한테 도움을 요청한다. 일방적인 과정은 아니다. 서로 관
계 맺고 소통하면서 함께 성장한다. 내 주위에도 아이를 키우며 생

기는 고민과 어려움을 함께 의논할 수 있는 멋지고 강한 여성들이 있다. 촘촘하면서 느슨하게, 가족이라는 울타리보다 더 안전하고 자유롭게 서로 이해하고 지지하는 친구들.

내가 처음으로 사귄 '육아 친구' 지연 씨는 자타 공인 '오지라퍼'다. 아이가 초등학교에 입학한 지 한 달쯤 지난 때 친구에게 맞아 머리에 혹이 났다. 같은 아이에게 몇 번 맞고 난 뒤라 온갖 생각이 떠올랐다. '말로만 듣던 학폭인가? 선생님한테 알려야 하나?' 그때 남편보다 먼저 떠오른 이가 지연 씨였다. 지연 씨라면 내 아이뿐만 아니라 상대방 아이의 상황도 함께 헤아려 적절한 얘기를 해줄 듯했다. 실제로 지연 씨는 나를 차분하게 위로하며 이런저런 조언을 해줬고, 문제를 해결하는 데 많은 도움이 됐다.

주희 씨는 아이하고 가장 친한 친구의 엄마다. 초등학교 입학식 날 서로 사진을 찍어주고 함께 짜장면을 먹으러 갔는데, 그 뒤로 자주 만나다 보니 '절친'이 됐다. 한번은 몇 달 동안 마음 놓고 술 한잔 못 했다고 투덜대니까 연락이 왔다. 남편에게 아이를 맡기고 주말 저녁에 같이 시간을 보내자고 했다. 세 시간 동안 우리는 즐겁게 웃고 떠들며 시원한 밤공기를 즐겼다.

내 옆에도 저런 이가 있으면 좋겠다고 살짝 부러운 캐릭터도 나온다. 바로 애비다. 애비는 제이미의 친구이자 페미니즘을 알려주는 좋은 선생이다. 애비는 제이미에게 여성이 느끼는 거짓 오르가슴에 관해 알려주고, 여성의 관점을 이해하는 데 도움이 되는 페미니즘 서적도 건넨다.

　남자아이를 키우면서 가장 염려한 일 중 하나가 젠더 교육이었다. 그동안 '좀 더 크면'이라면서 미뤘는데, 영화를 보고 나니 하루라도 빨리 시작하자는 생각이 들었다. 도서관에서 《우리 할머니는 페미니스트》라는 책을 빌렸다. 첫날은 싫다고 하던 아이가 다음날에는 책을 읽고 있었다. 책 한 권으로 변화가 일어나기를 바라지는 않지만, 그래도 시작이 반이라는 생각에 뿌듯했다. 아들에게 애비 같은 누군가 생기기 전까지, 작게나마 내가 그런 구실을 할 수 있으면 좋겠다.

자율성과 자유 의지를 가진 아이

제이미를 향한 도로시아의 불안감과 무력감이 극에 다다를 때쯤, 나를 안심시킨 쪽은 아들 제이미였다. 샌루이스어비스포라는 낯선 도시에서 마주한 엄마와 아들은 솔직하게 마음을 털어놓는다.

"엄마가 나를 감당 못 해서 떠넘기는 것 같아."

"너는 나보다 행복하면 했어. 나 혼자는 안 될 거 같아서……."

고백하듯 말하는 도로시아에게 제이미는 대답한다.

"우리 둘만으로 괜찮다고 생각했는데."

그 말을 듣는 순간 울컥했다. 내가 도로시아라면 아들에게 이 말을 가장 듣고 싶어할 듯했다. 도로시아의 상황을 내게 대입해본다. 아직 여덟 살인 아이에게 엄마는 친구이자 보호자이며 가장 사랑하는 존재다. 시간이 흐를수록 나와 아이의 공통분모는 줄어들 테고, 사춘기가 되면 서로 이해하지 못하고 싸우는 날도 많아질 수 있다. 점점 멀어지는 관계를 인정해야 하는 시기가 닥칠 때, 나도 아이에게 '우리 둘만으로 괜찮은 가족'으로 남을 수 있을까.

도로시아가 제이미를 대하는 태도에서 힌트를 얻었다. 초등학생 정도 돼 보이는 제이미를 데리고 은행 창구를 찾아간 도로시아는 아직 어려 계좌를 만들 수 없다는 은행원에게 당당히 받아친다.

"얘도 사람이에요. 반쪽짜리 사람도 아니고, 마냥 꼬마도 아니고, 자유 의지와 자율성과 사생활이 있는 사람."

1970년대, 20세기를 살던 도로시아의 외침은 21세기에 살고 있는 나에게도 강렬하게 꽂혔다. 계속 어긋나기만 하는 두 사람이지만, 제이미를 온전한 인격체로 대하는 도로시아의 모습은 한결같았다. 그래서 도로시아는 더 불안하고 괴로워한지도 모르겠다. 그러나 그 덕분에 제이미는 둘만으로 충분하지 않았을까.

나는 잊고 있던 사실을 깨닫고 조금 안심이 됐다. 나만큼 아이도 나를 사랑하고 보살피고 있다는 사실, 그리고 아이도 스스로 행복해지려고 무진장 애쓴다는 사실 말이다. 어쩌면 내가 해줄 수 있는 최선은 그 자유 의지를 방해하지 않는 일일 수도 있겠다.

한껏 가벼워진 마음으로 아이하고 밥을 먹다가 사탕 얘기가 나왔다. 사탕을 한꺼번에 많이 먹으면 안 되는 이유를 늘어놓다가 당뇨병까지 들먹이며 잔소리를 하는 내게 아이가 말했다.

"엄마, 나는 걱정하지 마. 내가 알아서 할 수 있어. 엄마가 나이가 많으니까 엄마를 걱정해."

나는 어이가 없으면서도 기분 좋게 웃었다. 그리고 알아서 할 수 있다는 아이 말을 의심하지 않기로 했다. 아이는 자율성과 자유 의지와 사생활이 있는 사람이니까.

오늘도 머리에 꽃을 달고 출발선에 선다

▶ 〈결혼 이야기(Marriage Story)〉(2019)

단단

아이 낳은 지 3년째. 출산으로 완전히 달라진 삶에 여전히 적응 중이다. 엄마, 아내, 직업인이라는 구실이 한꺼번에 밀려와 버거운 날이면 한바탕 울고 다시 노트북 앞에 앉는다.

"차 산 지가 언제인데 아직도 번호를 못 외워?"

식당 계산대 앞에서 우물쭈물하다가 남편에게 핀잔을 들었다. 주차료를 정산하려고 점원이 차량 번호를 물었는데 대답하지 못해서다. 평소 운전을 하지 않고 주말에만 남편 차를 얻어 타는 내가 알 턱이 있나. 안 그래도 일, 살림, 육아를 오가며 저글링을 하느라 뇌에 지진이 날 지경인데, 그까짓 차 번호 하나 못 외운 게 대수야? 나는 저벅저벅 앞서 걸어가는 남편 뒤통수에 대고 소리쳤다.

"너 애 주민 등록 번호 불러봐. 애 낳은 지가 언제인데 아직도 그걸 못 외워?"

아이를 가운데 둔 싸움에서 나는 백전백승이다. 좋은 아빠이자 평등한 반려자가 되기를 꿈꾸지만 회사에 매인 몸인 남편은 이 문제에서 할 말이 없다. 그날도 곧장 사과를 받았지만 분이 풀리지는 않았다. 남편이 아이 주민 등록 번호를 달달 외우거나 차 번호 모른다며 나를 타박하지 않아도 내 하루에는 아무런 변화가 없기 때문이다. 어차피 차를 타고 집을 나서는 사람은 남편이고, 아이 주민 등록 번호가 필요한 일들을 처리하는 사람은 나다.

내 삶은 어디로 흐르는가

캠퍼스 커플이던 우리가 결혼한 지 어느덧 7년이 지났다. 시 창작 동아리에서 만난 남편은 내 데칼코마니 같은 사람이었다. 우리는 같은 시를 읽으며 감탄하고, 영화 속 똑같은 장면에서 눈물을 흘렸다. 포장을 풀어 헤친 나를 내보일 수 있는 유일한 타인. 그 사람하고 평생 함께하고 싶어서 결혼을 서둘렀다.

사회생활을 먼저 시작한 내가 자연스레 가장이 됐다. 남편이 안정된 직장을 구하려고 분투하는 동안 나는 프리랜서 에디터로 일하며 돈을 벌었다. 살림은 남편 차지였고, 바쁘다는 이유로 시가 행사에는 불참했다. 나는 남다른 결혼을 한 여자라고 자부하면서 살았다. 정확히 아이를 낳기 전까지는.

영화 〈결혼 이야기〉의 주인공 니콜(스칼렛 요한슨)과 찰리(애덤 드라이버)는 2초 만에 사랑에 빠져 결혼한다. 주목받는 신인 배우 니콜은 삶의 터전인 로스앤젤레스를 떠나 무명 연출가 찰리가 운영하는 뉴욕의 작은 극단에서 연기를 한다. 니콜이 합류하면서 유명세를 타기 시작한 극단은 규모가 점점 커지고, 업계의 관심은 차츰 연출자 찰리에게 옮겨간다. 아이를 키우고 극단이 성장하도록 돕는 사이 한물간 반짝 스타 신세가 된 니콜은 이제 자기 일을 찾고 싶다.

"그때 이 파일럿이 들어왔어요. 엘에이에서 촬영하고 출연료도 두둑했죠. 생명줄이 나타난 기분이었어요. 그건 내 세계였고, 남편에게 부끄럽지만 '나 이런 사람이야', '내가 이정도야'라는 생각도 했죠. 찰리가 꼭 안아주며 응원해주기를 바랐는데……비웃고 샘을 냈어요. 그런데 출연료를 듣더니 극단 예산으로 쓰자고 하더군요."

찰리하고 있으면 '살아 있는 기분'이 들어서 모든 일을 포기하고 그 남자의 삶 속으로 들어간 니콜. 삶의 면면을 가족에 맞춰 살아온 니콜은 찰리가 자기를 독립된 존재로 인정하지 않는다는 사실을 깨달은 순간 이혼을 결심한다.

"내가 살아난 게 아니라 찰리에게 생기를 더해준 거죠."

이별의 연유를 설명하는 니콜을 보고 가슴이 지릿했다.

남편을 질투해도 괜찮을까

아이가 돌을 앞둔 무렵, 출산 전부터 함께 일한 회사에서 새로운 프로젝트를 제안했다. 흔쾌히 육아 휴직을 해준 남편 덕분에 일터에 복귀해 즐겁게 일했다. 남편이 양육과 살림을 책임지는 생활이 조금 더 이어진다면 나도 일터에서 다시 자리를 잡을 수 있겠다는 자신감이 생길 즈음, 남편에게 이직 제안이 왔다. 계획에 없는 일이지만 우리 가족의 미래를 생각하면 놓치기 아까운 기회였다.

나는 남편에게 면접에서 육아 휴직 경험을 숨기는 편이 낫겠다고 조언했다. 커리어에 흠집 낼 발언으로 굳이 점수를 깎을 필요는 없다고 생각했다. 남편은 예상 밖의 대답을 했다.

"아빠가 아이 보는 게 잘못도 아닌데 왜 숨겨? 육아 휴직을 문제 삼는 회사라면 안 가는 게 낫지."

어디에도 틀린 구석은 없었지만, 엄마인 나는 아득히 멀게만 느껴져서 함부로 뱉을 수 없는 말이었다. 남편은 자기 뜻대로 휴직 사실을 밝혔고, 3차에 걸친 면접에서 단 한 번도 양육에 관한 질문은 받지 않았다. 한 달 뒤 합격 통보를 받아 남편이 출근을 시작했다. 나는 곧장 베이비 시터를 구하는 애플리케이션에 구인 공고를 내고, 당분간 업무 진행이 어렵다며 회사에 양해를 구했다. 들뜬 남편에게 축하 인사를 건네는데 어쩐지 힘이 빠졌다.

남편이 새 회사에 처음 출근한 날, 우리는 소박한 파티를 했다. 아이를 끌어안고 케이크 촛불을 끄는 남편을 보자 문득 기쁘고 처량했다. 브로드웨이에 진출하고 업계에서 천재라는 찬사를 듣는 찰리를 바라보는 니콜도 이런 마음이었을까? 첫 장면에서 부부 상담 센터를 찾은 두 사람은 상대가 지닌 매력의 하나로 '경쟁심이 강하다'는 점을 꼽았다. 차이도 있었다. 니콜만 뒤이어 이렇게 적었다.

"찰리는 지는 법이 없다. 매번 나만 지는 느낌이다."

나에게는 보이고, 남편에게는 보이지 않는

영화 초반, 카메라가 티백을 우린 찻잔을 클로즈업하는 사이 찰리가 내뱉는 독백이 들린다.

"니콜은 시시때때로 마시지도 않을 차를 우린다."

찻잔은 정말로 여기저기 놓여 있다. 거실 창틀, 서류가 어지럽게 쌓인 탁자, 아이 방 장난감 선반, 화장실 세면대. 영화를 함께 보던 남편은 이 대목에서 피식 웃음을 터뜨렸다.

"컵 아무 데나 놓는 게 우리 집 누구랑 똑같네."

같은 장면을 보면서 나는 울었다. 차 한 잔을 끝까지 마시기 어려울 만큼 '시시때때로' 조각난 니콜의 하루가 보이기 때문이었다.

내 하루도 조각난 5부작이다. 영하 날씨에 샌들을 신겠다는 아이를 달래 어린이집에 보내는 1부, 폭탄 떨어진 집을 치우고 밀린 설거지를 하는 2부, 식탁에 앉아 청탁받은 원고를 쓰고 줌 회의를 하는 3부, 아이를 하원시킨 뒤 간식 챙겨 먹이고 저녁 식사를 준비하는 4부, 아이를 재우고 못다 한 업무를 처리하며 꾸벅꾸벅 조는 5부. 이따금 순서가 바뀌거나 생략되기도 하지만 아이가 등장하는 신만큼은 결코 사라지는 법이 없다.

그것뿐인가. 언제부터 중요한 업무가 있는 날이면 새벽 서너 시에 눈이 떠졌다. 곤히 자는 아이 이마를 짚어보고 열이 없으면 다시 잠을 청했다. 한껏 예민해진 엄마 상태를 온몸으로 느끼듯, 아이는 내가 바쁠 때면 으레 아팠다. 지근거리에 사는 가족도 없고 남편이 쉽게 휴가를 쓸 수도 없는 처지에, 갑작스러운 육아 공백은 재앙이었다.

출산 전에는 일을 택하는 기준이 단순했다. 내가 성장하는 데 도움이 되거나 보수가 좋으면 거리낌 없이 뛰어들었다. 지금은 까다롭게 기준을 협의하고, 때로는 지레 포기한다. 아이를 낳은 뒤로 내 커리어는 단발적인 일들로 채워진다. 내 시간은 언제나 가족의 스케줄이 침범할 수 있어야 하기 때문이다.

나만 지지 않는 그날을 꿈꾸며

남편이 100미터를 전력 질주한다면 나는 장애물을 넘으며 달린다. 남편은 지는 법이 없다. 매번 나만 지는 느낌이다. 남편은 예나 지금이나 좋은 사람이다. 퇴근 뒤 빨래와 설거지, 분리수거 같은 집안일을 충실히 하고, 주말이면 홀로 아이를 돌보는 날도 많다. 지인들은 종종 이렇게 편한 워킹 맘도 없다면서 내 삶을 치켜세운다. 그렇지만 남편이 거들어주는 설거지와 빨래 몇 번이 내 것 아닌 일들로 얼룩진 내 하루를 구원해주지는 않는다.

8년 전, 학교에 결혼 소식을 전하자 우리 커플을 오래 지켜본 교수님이 내 손을 꼭 잡고 말씀하셨다.

"절대로 남편에게 모든 걸 양보해서는 안 돼. 너희 둘 중 대학원을 간다면, 유학을 간다면, 그건 꼭 너여야만 한다."

덧붙여 교수님은 아이를 등에 업고 논문을 쓰던 당신의 석박사 시절을, 성적이 월등히 뛰어난 여학우는 주부가 되고 그 여학우보다 공부를 못한 남학우는 명문대 교수가 된 당신 친구 이야기를 들려주셨다. 그때 나는 세상이 많이 바뀌었다고, 결코 그렇게 살지는 않는다고 속으로 자신했다. 돌이켜 생각하니 허탈한 웃음이 난다.

이혼 뒤 찰리는 자녀 면접 교섭권을 이행하느라 니콜이 사는 집에 들른다. 니콜이 만나는 새 남자 친구가 근황을 전한다.

"에미상 후보에 올랐어요."

찰리는 당연하다는 듯 받아친다.

"연기를 잘하니까."

그때 니콜이 회심의 한마디를 던진다.

"아니, 감독상 후보야."

니콜이 가족의 행복을 위해 자기의 반짝이는 재능을 얼마나 누르고 살았는지, 얼마나 많은 시간을 포기하고 양보했는지 찰리는 이제 알게 됐을까.

나는 남편을 질투하기보다 성장한 남편에게 티 없는 축하를 건네며 온전히 기뻐하고 싶다. 또한 언젠가 내 품을 떠날 아이의 뒷모습을 원망하지 않고 담담히 지켜볼 힘을 갖고 싶다. 그런 내가 되기 위해 시시때때로 조각난 시간 속에서도, 눈앞의 숱한 장애물에도 주저앉을 수가 없다. 감독이 된 니콜을 보면서 언젠가 내 인생에도 있을지 모를 통쾌한 반전을 그려본다. 매번 지는 느낌이지만 그 느낌에 패배하지 않도록, 지금은 더 많이 양보하고 종종거릴지라도 천천히 계속 달려가겠다. 멈추지 않고 계속하는 길 위에 선물 같은 성취가 주어질지도 모르니까. 그렇게 오늘도 나는 머리에 꽃을 달고 출발선에 선다.

이 세상 낡은 벽지를 무지개색으로

▶ 〈톰보이(Tomboy)〉(2020)

살구

숱한 꿈 중에 (아직은) 엄마가 되는 꿈만 이루었다. 살고 싶은 대로 살 방법을 궁리하며 아이들을 돌보는 중이다. 필요 없는 경계가 허물어진 세상에서 살고 싶다.

남자 머리, 여자 머리는 누가 정하나요

단발머리 남편이 삭발했다. 쌀쌀한 2월 날씨에 머리가 시리다면서도 만족해하는 남편을 보니 부러웠다.

"나도 한번 싹 밀어볼까?"

거추장스러운 머리카락을 짧게 잘라보고 싶은데 미용실 의자에 앉아 상상만 하다가 돌아온 적이 서너 번 있었다.

"하고 싶으면 해봐."

"아빠처럼? 그래, 엄마도 해봐."

남편과 첫째 아이가 보내는 격려에 용기가 났다.

2주 동안 고민한 끝에 가위를 들고 화장실 거울 앞에 섰다. 머리카락이 잘려 나갈 때마다 거울 속 내 얼굴이 달라 보였다. 안 어울리면 어쩌나 걱정했지만, 결국 해냈다. 이게 뭐라고 그토록 고민했나. 다른 사람에게 해가 되는 일도 아닌데. 뒷머리와 마무리는 남편이 이발기로 도와줬다. 두 아이는 화장실을 들락날락하며 구경했다.

태어나서 두피를 이렇게 훤히 내놓기는 처음이었다. 못생긴 머리라 단정 짓고 감추고 싶어한 두상은 생각만큼 흉하지 않았다. 이리저리 고개를 돌리니 공기의 흐름이 두피에 직접 닿아 시원했다. 전에는 경험하지 못한 생생한 감각. '이 느낌을 잊지 않고 꼭 붙잡아 둬야지.' 용기 내지 않았더라면 모르고 살 뻔했다.

이제 우리 집에서 머리카락이 가장 짧은 사람은 나이고, 가장 긴 사람은 둘째 아이다. 태아 시절부터 기른 둘째의 머리카락은 자랄수록 끝이 동그랗게 말려서 정말 예쁘다. 남자아이니까 당연히 짧은 머리여야 한다고 잘라버렸다면 이 예쁜 머리끝을 못 봤겠지.

　삭발하고 얼마 지나지 않아 사촌 조카를 마주쳤다. 첫째하고 동갑인 여섯 살 그 아이는 호기심 가득한 눈빛으로 물었다.

　"이모, 왜 남자 머리 했어요?"

　드디어 올 것이 왔구나. 다정함을 담아 대답했다.

　"남자 머리, 여자 머리가 어디 있어. 그냥 내 머리야."

남자 이름, 여자 이름은 누가 정하나요

짧은 머리를 하고 헐렁한 셔츠와 바지를 즐겨 입는 아이, 로레(조에 에랑)는 이사 간 동네에서 처음 만난 리사(잔 디송)에게 자기를 '미카엘'이라고 소개한다. 리사가 로레를 남자아이로 생각하고 이사 왔느냐고 물을 때 남성형 형용사를 쓴 때문인 듯하다(프랑스어 문법에는 여성과 남성이라는 두 가지 성이 있다). 처음 만난 친구의 기대를 저버리고 싶지 않아 그런 건지, 아니면 남자아이로 사는 삶이 궁금해 그런 건지 알 수 없지만, 로레는 남자 이름 미카엘로 새 친구들을 사귄다.

　아이를 낳으면 성별이 드러나지 않는 이름을 지어주고 싶었다. 첫째를 임신하기도 전에 남편이 내 마음에 쏙 드는 이름을 지었고, 둘째 이름을 지을 때도 성별 범주에 들어가지 않도록 신경 썼다.

얼마 전 셋째가 찾아왔다. 셋째 이름을 고민하다가 연도별 아기 이름 순위와 통계 정보를 제공하는 사이트를 발견했다. 호기심에 둘째 아이 이름을 검색하니 같은 이름을 쓰는 49명 중 우리 아이만 남자였다. 뿌듯하면서도 걱정이 됐다. '혹시 나중에 아이가 자기 이름을 싫어하면 어떡하지?' 그리고 궁금해졌다. 성별에 따른 이름 구분은 언제부터, 왜 시작됐을까?

많은 사람이 이유도 모르는 일을 당연한 듯 따르면서, 관습을 거스르는 사람을 신기하게 바라본다. 나중에 둘째 아이가 왜 여자 이름이냐는 질문을 받는다면 대수롭지 않게 답하기를 바랄 뿐이다.

"남자 이름, 여자 이름이 어디 있어. 그냥 내 이름이지."라고

여자라서 안 되는 건 누가 정하나요

리사는 '여자라서' 하고 싶어도 못 하는 축구를 미카엘이 된 로레는 할 수 있다. 웃통 벗고 거울 보며 침 뱉는 연습까지 하더니 남자 아이들 틈에 무리 없이 섞인다. 그러나 연습으로 안 되는 일이 있다. 서서 소변보는 아이들 사이에 낄 수 없고, 남자아이가 입는 팬티 수영복도 없다. 로레는 기지를 발휘해 빨간 원피스 수영복을 잘라 팬티 수영복을 만들어서 점토로 빚은 음경을 넣어 신나게 논다.

'다시 태어나면 되고 싶은 것은? 남자.' 10대 중반부터 비밀번호 찾기 설정에 쓴 질문과 답변이다. 여자라는 이유로 내 꿈을 제한당할 때면 남자들 앞에 놓인 다양한 선택지가 부러웠다. 개의치 않는

척했지만, 끊임없이 떠도는 말들을 완전히 무시할 수 없었다. 서른이 넘어서야 알았다. 나는 '남자'라는 성별을 바라지 않았다. 남자든 여자든, 또는 그 경계 어디쯤이든, 자기가 원하는 삶을 꿈꿀 세상을 원했다.

그런 깨달음을 얻은 뒤부터 남자로 다시 태어나기보다는 여자인 모습 그대로 더 나은 세상에서 살고 싶어졌다. 당장 내 자리에서 할 수 있는 일을 찾았다. 성별 고정 관념에 갇혀 아이들이 지닌 가능성을 제한하지 않으리라 다짐했다. '나 혼자 애쓴다고 뭐가 달라질까?' 이런 의심이 들 때도 많았지만, 가만히 있을 수는 없었다.

로레도 남자가 되기를 바라지는 않은 듯하다. 자기가 좋아하는 것을 마음껏 좋아하고 싶을 뿐이다. '남자아이 같은 여자아이'라는 말이 없는 세상, 로레가 그냥 로레로 살아도 어색하지 않은 세상을 그려본다. 자기를 알아갈 시간이 필요한 아이에게 반드시 특정한 성별을 선택하도록 강요해야 할까? 자유롭게 정체성을 탐색할 기회가 열린 사회라면 성별 경계에서 혼란과 소외감을 느낄 필요가 없을 테다. 그런 세상은 언제쯤 올까?

엄마는 세상을 바꿀 수 있을까

아이가 사회에서 어떤 영향을 받고 있는지 신경을 곤두세우며 살다 보니 육아 때문에 느끼는 피로가 말도 못 하게 크다. '남자

애'와 '여자애'를 자주 구별하는 기관에 문제를 제기하다가 결국 가정 보육을 선택했다. '설치는 여자는 인기가 없다'는 식의 성차별을 남발하는 어린이 책을 내다 버렸다. 성별 고정 관념이 노골적으로 드러나는 영상은 보여주지 않았다. 딸과 아들을 다르게 대하지 않으려 노력했다. 여러 방면으로 애는 쓰지만 완벽하기는 어렵다.

모든 일이 힘에 부치던 날, 내가 엄마가 아니라 이모라면 좋겠다고 생각했다. 성평등 그림책과 여러 가지 색 옷을 사주고, 가끔 만날 때마다 편견 없이 다양한 놀이를 함께하는 이모라면 내 삶이 더 편하지 않았을까? 불편함에 맞서지 않고도 성평등에 기여하는 멋진 이모로 살 수 있을 텐데. 아무 고민 없이 결혼하고 엄마가 된 나를 원망하다가 나중에는 엄마를 이렇게 피곤하게 만드는 사회에 화살을 돌렸다.

로레가 친구들 사이에서 미카엘로 불린다는 사실을 알게 된 로레의 엄마(소피 카타니)는 아이의 뺨을 내리친다. 그리고 더는 거짓말은 안 된다며 파란색 원피스를 입혀서 리사의 집에 데리고 간다. 상처 입은 듯 숲속에서 혼자 웅크리고 있던 로레는 원피스를 벗어 나뭇가지에 걸고 돌아선다. 나는 세상이 강요하는 옷을 벗어던지라고 로레에게 말하고 싶었다. 벗어던져도 끊임없이 다시 입히려는 사람들이 있겠지만 절대로 포기하지 말라며 응원하고 싶었다.

버겁게 느껴지는 엄마라는 자리이지만, 다르게 생각하면 소중한 기회이기도 하다. 엄마이기 때문에 누구보다 가까운 곳에서 아이들 롤 모델이 될 수 있고, 주변에서 받는 영향을 세심하게 관찰하면서 도울 수 있다. 또한 다른 양육자들이 이런 문제에 관심을 기울이게 할 방법도 고민할 수 있다. 나는 엄마라서 할 수 있는 일들을 실천하면서 한집에 사는 아이들하고 성평등한 하루를 보낸다. 우리가 만들어내는 작은 물결이 주변 사람들에게 퍼지기를 기대하면서.

낡은 벽지를 무지개색으로

"부우욱."

살짝 들떠 있는 벽지 끝부분을 잡고 힘을 주어 당겼다. 거실 벽 짙은 회색 벽지가 끔찍이 싫은데도 3년을 참고 살았다. 무슨 색으로 칠하면 좋을지 아이들에게 의견을 물었다.

"무지개색!"

순간 멈칫했다. 한 가지 색을 칠할 때보다 시간과 품이 많이 들 텐데……. 그렇지만 생각할수록 무지개색보다 나은 선택은 없었다.

벽지 뜯기부터 페인트칠까지 꼬박 두 달이 걸렸다. 남편과 내가 완성한 무지개색 벽은 애초 기대를 뛰어넘었다. 다양한 색이 어우러지니 생기가 돌았고, 뒤바뀐 집 안 분위기에 마음가짐도 달라졌다. 한 조각 한 조각 세상의 낡은 벽지를 뜯어내는 데도 오랜 시간이 걸리겠지만, 무지개색 벽을 상상하며 멈추지 않는다면, 언젠가는 완성된다.

　로레가 몰래 수풀에 앉아 소변을 보다 들킨 다음날, 리사가 집으로 찾아온다. 동생 잔(말론 레바나)하고 놀던 로레는 미카엘이 돼 리사네 집에서 둘만의 시간을 보낸다. '너를 사랑해, 언제나'라는 노랫말과 흥겨운 리듬에 맞춰 둘은 서로 바라보며 팔다리를 흔든다. 방방 뛰며 신이 난 저 아이가 로레인지 미카엘인지 따지는 일은 무의미하다. 미카엘이 남자가 아니라는 사실을 알게 된 리사는 실망해 등을 돌리는 듯했지만, 다시 로레를 찾는다. 그리고 또 한 번 이름을 묻는다.

　"내 이름은 로레야."

　수줍은 웃음 뒤로 노래가 흐른다.

　"너를 사랑해, 언제나."

　영화를 다 보고 이 노래를 몇 번이나 듣고 있다. 귓가에 울리는 쿵짝쿵짝 신나는 리듬에 몸을 흔들면서 로레가 지은 웃음을 떠올린다. 그래, 괜찮을 거야. 어떤 모습이든 상관없이 그냥 네 모습을 언제나 사랑할 테니까. 내 아이들에게, 주변 사람들에게, 그리고 나에게 힘껏 던지는 메시지다.

　언젠가 무지개색 벽을 무대로 삼아 댄스파티를 열고 싶다. 누가 올까 설레는 마음으로 미리 초대장을 쓴다.

　"이 음악에 몸을 맡기고 춤을 추고 싶은 분들은 연락하세요. 우리 함께 춤을 춥시다."

어느 'B급 시어머니'의 고백

▶ 〈B급 며느리〉(2018)

블랑

며느리도 사위도 손자 손녀도 있다. 36년 빡세게 일하고 퇴직했다. 새로운 인생을 모색 중이다. 그중 하나, 'B급 시어머니'로서 'B급 며느리'하고 자유롭게 재미나게 살아보려 한다.

나의 며느리 시절

"결혼 전에 내가 얼마나 행복하고 건강한 사람이었는데."

〈B급 며느리〉에서 남편하고 싸운 뒤 며느리 진영이 외친 말이다. 그 외침을 들으니 시간을 한참 거슬러 올라가 '행복하고 건강하던' 내 학창 시절이 떠오른다.

1970년대에 드물게 남녀 차별이 없던 가정의 맏딸로 태어나 사랑과 기대를 받으며 자랐다. 열심히 공부해 원하는 대학에도 합격했다. '수능 모의고사 수학 문제가 고난도의 문제 해결 능력과 추론 능력을 요하는 문제가 많아 여학생들에게 불리했다'는 신문 기사에 충격받아 수학과에 입학했다. 여자가 수학에 약하다는 편견을 깨고 싶었다. 이공계인데도 사회학, 인류학, 여성학, 교육학 분야 강의를 들으면서 관련 책들을 찾아 읽었다. 여성학자 조한혜정 교수 등이 활동한 무크지 《또 하나의 문화》를 탐독할 만큼 성평등에도 관심이 많았다.

대학을 졸업하고 바로 결혼했다. 시가는 가부장제 최고봉이라고 불리는 지역의 작은 마을, 기차도 들어가지 않는 산골이었다. 처음 인사 가서 닭백숙을 먹는데, 시어머니가 가장 마지막에 닭 껍질과 기름만 둥둥 뜬 국물을 주셨다. 며느리는 그런 대우를 받아 마땅한 분위기였다. 내 밥은 늘 식은 밥 아니면 눌어붙은 탄 밥이었다.

스물다섯에 첫째를 낳고 1년도 안 돼 둘째를 임신했다. 시어른들이 첫 손주를 보고 싶어하셔서 임신 8개월 몸으로 혼자 큰애를 데리고 시가에 갔다. 이른 아침 기차를 타고 가는 데 대전 인근에서 태풍으로 길이 끊겼다. 14개월 아기를 데리고 전쟁통 같은 아수라장을 겪은 뒤에 자정이 돼 서울로 돌아왔다.

　나는 착한 며느리가 아니고 참으로 무지한 며느리였다. 남녀 차별이 이렇게 심할 수 있나 싶은 가부장제 시가에서 내 자존감은 바닥을 쳤다. 그러나 내가 낳은 새 생명은 길러야 하지 않는가. 질끈 눈 감고 나만 참으면 되겠지 하는 사이에 10여 년이 흘렀다.

고부 갈등의 근원

〈B급 며느리〉는 시어머니와 며느리의 갈등을 다룬 영화다. 그렇지만 가부장제는 물론이고 엠지MZ 세대와 기성세대 사이의 가족 문제까지 고스란히 담겨 있다. 선호빈 감독은 자기 어머니인 조경숙 여사와 아내 김진영 사이의 갈등을 가감 없이 보여주면서, 중간자 구실을 하지 못하는 우유부단한 자기 모습도 날 것 그대로 전한다.

　"이게 나와 시어머니의 일 같지만, 결국은 그 집에서 손발 멀쩡히 움직이는 사람이 넷인데 나랑 어머니 둘이서 '네가 했네, 내가 했네' 싸우고 있다는 게 정말 이상한 일이거든."

　며느리 진영의 말이 깊숙이 와 닿는다.

　고부 갈등의 근원을 파고들면 가부장제 남성들이 있다. 일상

생활은 물론 제사 때도 시아버지와 아들은 별로 하는 일이 없다. 김 창완이 부른 주제곡 〈지나간 이야기〉에는 '날날날날날날 좀 놔줘 요. 이젠 저를 쉬게 해줘요'라는 가사가 나온다. 고부 갈등 문제에 서 쏙 빠지고 싶은 감독의 바람이 느껴진다.

시어머니는 가족 식사를 하고 싶어 아들에게 전화를 건다. 아들 은 아내에게 물어보겠다고 대답한다. 식사를 못 하게 되면 며느리 진영 탓이라고 시어머니는 이해한다. 아들은 모든 책임을 아내에게 떠넘기고 자기는 빠져나간다.

진영은 시어머니가 하는 부당한 요구에 순응하지 않고 강하게 자기 목소리를 낸다. 시동생을 왜 도련님이라 불러야 하냐며 당당 히 의견을 내고, 의견이 받아들여지지 않을 때는 시가에 발길을 끊 는다. 전전긍긍하는 모습은 전혀 없다.

"명절에 시가에 안 내려갔어요. 그래서 완벽한 명절을 보냈죠."

해맑게 웃는 모습이 예쁘게 보일 정도로 솔직하고 유쾌한 며느 리다. 나는 그런 며느리가 아니었다. 모든 억압과 착취에 당당히 맞 서는 며느리 진영을 보면서 통쾌했다.

영화에서 찾은 희망

며느리 진영에게 감정 이입을 하면서 영화를 봤지만, 나는 지금 시 어머니다. 많은 사람이 시어머니 조경숙 여사를 비난한다. 진영은 싸울 때마다 말이 바뀌는 시어머니가 답답해 결국 영상을 찍어 증거로 남기기로 한다. 이 영화가 만들어진 계기다.

조경숙 여사는 가부장제 그늘에서 긴 세월 동안 살아남으려 모호하고 알쏭달쏭하게 말하게 된 듯하다. 기억력도 나쁘니 어제 한 얘기와 오늘 한 얘기가 다르다. 그렇지만 아직도 시어머니를 모시고 있고 시누이들도 많다.

며느리 진영은 명문대를 졸업하고 사법 고시 1차 시험도 통과한 사람이다. 법까지 공부한 만큼 더더욱 논리적이다. 남편은 경제적으로 독립하지 못했고, 예상하지 못한 임신 때문에 갑자기 결혼했다. 시어머니와 며느리, 두 사람의 갈등에는 여러 복잡한 역학 관계가 얽혀 있다.

"행복하려고 결혼했는데 왜 나를 지키지 못하고 살아야 하는 거지? 나는 아플 때는 아프다고 목청껏 소리쳤다. 그러니 다들 아픈 부분을 건들지 않더라."

진영은 이렇게 얘기하면서 며느리를 손님으로 대하라고 요구한다.

"어머니, 저를 전적으로 놓으셔야 합니다."

조경숙 여사는 어린이집으로 봉사 활동을 간다. 도예를 배우고 조각품을 만든다. 다양한 사회 활동에 참여해 조금씩 삶의 영역을 넓힌다. 배우고 익히면서 아픔을 딛고 한 걸음 한 걸음 나아가는 조경숙 여사를 보고 나는 희망을 느꼈다.

마지막 장면에서 며느리 진영은 스스로 시가에 간다. 이제는 진영이 전화를 안 해도 시어머니가 서운해하지 않는다. 김치나 반찬을 억지로 주지도 않는다. 두 사람 모두 각자의 경계를 존중하며 '공존의 선 긋기'를 조금씩 하기 시작한 걸까?

초보 시어머니의 좌충우돌

며느리가 처음 인사 온 날, 나는 딸에게도 사위에게도 안 한 손님상을 차리느라 애를 썼다. 젊은이들이 좋아하는 감바스, 스테이크, 파스타, 토마토 마리네이드, 한라봉 샐러드 등을 만드느라 미리 연습도 하고, 안 쓰던 예쁜 그릇과 테이블보도 꺼냈다. 나름 괜찮은 시어머니가 되고 싶었다.

며느리에게 내 시어머니처럼 하루에도 몇 번씩 전화를 걸지 않으리라 다짐하면서 '열흘에 한 번, 아니면 격주에 한 번 정도 안부 전화를 하면 되겠지?' 생각했다. 결혼기념일에 아들 부부를 불러서 함께 식사한다는 얘기를 듣고는 아들네 축하를 받는 결혼기념일도 의미 있겠다고 생각했다.

이런 생각은 며느리 또래 젊은 후배들 때문에 완벽히 깨졌다.

"용건이 없는데 왜 정기적으로 통화를 해요? 그것도 아들도 아닌 며느리랑. 그리고 부모님 결혼기념일에 왜 며느리가 가야 하나요?"

이래서 젊은 사람들 얘기를 열심히 들어야 하나 보다. 제3자가 말하니 객관화가 된다.

며느리는 내 아들의 가장 소중한 친구라는 사실을 잊지 말자. 기억력을 믿을 수 없는 나이니까 냉장고에 써 붙여놓아야 하나? 각자 인생을 존중하고 공존의 선 긋기를 하면서, 지위로 관계 맺지 않고 존재 자체를 바라보려 노력하면서, 오해가 생기면 먼저 풀고 이해하면서, 그렇게 며느리하고 적당히 잘 지내고 싶다.

지난 신정 때는 애들이 아이디어를 내서 함께 방 탈출 게임을 했다. 직전 추석 때는 윷놀이를 했고, 그전에는 루미큐브라는 보드게임을 했다. 젊은이들하고 재미나게 노니 좋았다. 명절에는 각자 음식을 한 가지씩 준비하기로 했다. 힘들 때는 사 먹으면 된다.

가족 여행은 두 번 갔다. 어차피 만나야 하는 가족 행사나 명절 때는 재미있는 경험을 시도하려 한다. 부작용도 약간 있다. 몸이 좀 고되다. 애들이 오면 기쁘지만, 애들이 가도 기쁘다. 손주들이 크면 그때 맞는 방법이 생기겠지.

'B급 시어머니'를 꿈꾸며

가부장제 그늘 아래, 어릴 때는 아버지에게, 결혼 뒤에는 남편에게, 나이들어 아들에게 의존하면서 자기를 돌보지 못한 5060 어머니들에게는 '자기만의 방'이 절실하다. 예순을 앞두고 아들, 며느리, 딸, 사위, 손주들까지 식구가 늘어갈수록 생각이 많아진다. 심리학자 에릭 에릭슨이 말한 노년기의 건강한 자아 통합을 달성한 어른이 되려면 '자기만의 방'과 소통과 공감을 바탕으로 한

'경계 존중'이 중요하리라.

나는 바쁘다. 가족만 바라보고 살기에는 하고픈 일이 많다. 글도 쓰고 싶고, 좋은 영화도 보고 싶고, 직장과 가족에 매달리느라 미룬 취미들, 맨 후순위로 밀린 스페인어도 제대로 배우고 싶고, 피아노도 치고 싶다. 나한테 맞는 제2의 직업을 찾아 꾸준히 일하고 싶기도 하다.

자녀들에게 매달릴 시간이 없다. 내게 주어진 인생 2막의 기회를 놓치고 싶지 않다. 그래서 나는 'B급 며느리' 진영처럼 'B급 시어머니'로 살려 한다. '따뜻한 무관심'과 '연대하지 않는 연대'를 통해 평상시에는 무심하게 지내려 한다. 도움을 청할 때 도울 수 있는 여건이면 돕고, 상황이 안 되면 '노'라고 대답하면 된다.

비급 며느리만 있는가? 비급 시어머니도 있다.

"어머니, 저를 전적으로 놓으셔야 합니다."

며느리 진영이 한 이 말은 시어머니에게도 유효하다. 나도 나를 놓으라고 가족들에게 외친다.

"얘들아, 이제 나를 그만 놓아주고 각자 인생 재미나게 살자."

#2. 심야 영화

출산한 몸에 관해 말하기

▶ 〈툴리(Tully)〉(2018)

성소영

험난한 출산 과정을 겪으며 내 몸에 관해 자주 생각하게 됐다. 세상 엄마들이 가감 없이 몸을 이야기할 수 있기를 바란다.

엄마, 몸이 왜 그래?

남편 스마트폰 사진첩에 남아 있는 연애 시절 사진을 보다가 밤을 꼴딱 지새웠다. 뭐지, 내가 이렇게 예뻤나. 새벽녘 물 먹은 꽃 같은 생기를 그때는 몰랐다. 요즘은 거울 속 내 모습이 낯설게 느껴진다. 출산 뒤 나는 몸이 완전히 달라졌다. 다이어트나 피부과 시술로 해결될 수 없는 다른 차원의 몸.

육아 현실을 신랄하게 드러낸 영화 〈툴리〉를 보며 주인공 마를로(샤를리즈 테론)의 몸에 맨 먼저 눈이 갔다. 영화는 셋째를 임신한 마를로의 둥근 배를 비추며 시작한다. 출산 뒤 집에 돌아온 마를로는 속옷만 입은 채 거실을 활보한다. 유축기가 주렁주렁 달린 축 처진 가슴, 늘어진 뱃가죽, 깊은 다크서클, 물결치는 셀룰라이트는 거울 속 내 모습 같았다.

아이를 낳기 전에는 산후 조리가 끝나면 마법처럼 예전 몸을 되찾을 수 있을 줄 알았다. '자연 분만을 하면 낳자마자 병실을 뛰어다닌다'거나 '출산 후 백일 전 운동을 하면 살이 다 빠진다' 같은 말을 그대로 믿었다. 허황된 이야기였다. 나는 자연 분만을 한 뒤에 3일 동안 소변줄을 꽂은 채 누워 있었고, 아이가 백일이 되기 전까지는 먹고, 자고, 싸는 기본 욕구를 마음 편히 해결하는 일조차 사치였다.

순산이라는 거짓말

겉모습만 달라진 상태라면 얼마나 좋을까? 출산 뒤 2년이 지난 지금도 나는 매일 아침 철분제를 먹으며 하루를 시작한다. '이제 괜찮겠지' 생각하고 복용을 중단하면 며칠 안에 심한 두통이 생겨 일상생활이 어렵다. 출산 과정에서 생긴 과다 출혈 때문이다. '목숨 걸고 낳는다'는 말은 비유가 아니라 현실이었다.

의사는 나 정도면 순산한 편이라고 했다. 아기가 나오면서 질 벽을 긁어 혈종이 생겼고, 이 혈종을 떼어내다가 헤모글로빈 수치가 6.5그램 퍼 데시리터$^{g/dl}$(성인 여자는 12그램 퍼 데시리터 이상이 정상)까지 확 떨어져 수혈을 했지만, 멀쩡히 의사소통을 하니 순산이라 했다. 고개를 들면 눈앞이 아득하고 머리가 돌덩이처럼 무거워 화장실도 혼자 갈 수가 없었다.

문득 남편이 열어둔 출산 가방이 눈에 들어왔다. 여행용 고데기와 비비 크림, 디지털 카메라가 한 자리를 차지하고 있었다. 아니, 애 낳는 일이 무슨 캠핑인 줄 알았나? 머리 지름 10센티미터짜리 생명이 뼈와 살을 뚫고 나오는데 자연 분만을 하면 금세 멀쩡해진다고 생각한 내가 우스웠다.

조리원에서는 '회음부 세 번 꿰맨 산모'로 통했다. 내 회음부는 분만하면서 한 번, 혈종 떼면서 한 번, 꿰맨 자리가 아물지 않고 자꾸 터져서 또 한 번 꿰맸다. 혈액이 부족하면 상처가 안 낫는다는 사실도 이때 알았다. 남들은 잘만 낳는 애를 혼자만 힘들게 낳았나 싶어 억울하던 차에 출산 중 골반이 틀어져 휠체어를 탄 산모가 조리원에 들어왔다. 의사 말대로 나는 정말 순산을 한 사례였다.

인고의 시간으로 키운 아이가 벌써 세 살이 됐지만, 몸은 여전히 통증에 시달리는 중이다. 작은 체격에 견줘 지나치게 부른 배 때문에 골반이 틀어져 요즘은 조금만 오래 앉아 일해도 왼쪽 다리가 저릿하다. 유아차를 거부하는 아이를 들쳐 안고 다니느라 승모근 통증과 손목 건초염이 나을 기미가 없다. 종종 세게 기침을 하면 소변이 새어 나올 때가 있다는 사실은 창피해서 아무에게도 털어놓지 못했다.

엄마의 몸, 그 가려진 억압

육아 프로그램에 출연하는 연예인들은 애를 두셋씩 낳고도 어쩌면 하나같이 그대로 있는지. 인스타그램에는 비키니 입고 춤 추거나 탱크톱 차림으로 운동하는 엄마들이 가득하다. 미혼인 친구들은 이따금 이렇게 말한다.

"요즘은 엄마들이 더 예쁜 것 같아. 아이 낳고 더 건강해지는 사람도 많다더라. 모유 수유 하면 살도 쭉쭉 빠진대!"

나는 멋쩍게 웃을 수도, 아니라고 발끈할 수도 없었다. 출산 전 모습으로 돌아가지 못한 나 같은 엄마는 베이비 시터와 가사 도우미를 쓸 수 없는 처지이거나, 자기 관리에 소홀한 사람이라는 말처럼 들리기 때문이었다. 아이를 온종일 남의 손에 맡길 만큼 경제적 여유는 없고 피트니스 센터를 3개월 등록하고도 고작 세 번밖에 나가지 못한 내 현실을 보면, 그런 말은 어느 정도 사실이기도 했다.

독박 육아로 지쳐가던 마를로는 친오빠가 한 권유를 따라 젊은 야간 보모 툴리(매켄지 데이비스)를 부른다. 그 덕에 자기를 돌볼 여력이 생긴 마를로가 하루는 조깅을 하러 나간다. 땀을 흘리며 열심히 달리는데 한 젊은 여자가 마를로를 제치고 지나간다. 목 늘어난 티셔츠에 무릎 나온 '추리닝' 바지를 입은 마를로와 딱 붙는 티셔츠에 짧은 레깅스 팬츠를 입은 여자. 이 대조적인 모습을 물끄러미 바라보던 마를로는 뭔가 결심한 듯 전력 질주하다가 균형을 잃고 넘어진다. 젊은 여자가 괜찮으냐고 묻는 순간, 카메라는 마를로의 젖은 티셔츠를 비춘다.

"아, 모유예요. 모유가 나와서⋯⋯."

마를로를 바라보는 젊은 여자의 경악스러운 표정. 나도 그 얼굴을 익히 안다. 퉁퉁 부은 창백한 몰골로 산후조리원 면회실에 나간 때, 세 번 꿰맨 회음부 통증이 도무지 가시지 않아 카페에 회음부 방석을 챙겨 가 앉은 때, 새빨간 튼살의 색채가 옅어지기 전 목욕탕에 간 때, 희미하게 떨리는 사람들 미간을 봤다.

우리 사회에는 출산을 겪은 몸을 둘러싼 오해가 너무 많다. 엄마의 몸은 고통을 이겨내고 생명을 지킨 모성의 상징이거나, 모유 생산지이거나, 백일 다이어트 비법의 결과물이거나, 안쓰러운 동정의 대상일 뿐이다. 거기에 진짜 우리는 없다.

출산한 몸에 관해 말하기

줄곧 궁금했다. 출산의 고통이나 몸의 변화에 관해 말하는 엄마들의 목소리는 왜 이렇게 들리지 않는 건지.

"애 낳고 아픈 데 없어요?"

불쑥 던진 내 질문에 주변 엄마들은 기다린 듯 몸 여기저기를 줄줄 읊었다. 분만할 때 힘을 너무 세게 줘서 깨진 어금니, 건초염, 방광염, 질염, 골반염, 우울증. 아이 돌보느라 치료를 잊은 몸이 겪는 통증은 참으로 다양했다.

왜 말하지 않는 걸까? 일단 육아를 하느라 말할 시간이 없다. 말을 하기가 창피할 때도 있다. 생식기에서 느끼는 불편은 남편에게도 털어놓기 쉽지 않은 일이었다. 무엇보다 아이를 보면 이 모든 통증과 변화가 별것 아닌 일처럼 느껴졌다. 출산의 고통을 한 번 겪고도 아이를 또 낳는 이유는 아픔을 까먹기 때문이라는 농담처럼, 이 아이러니한 마음 때문에 나는 혹시 출산으로 뇌가 고장난 걸까 하는 생각을 자주 했다.

주변 엄마들은 〈툴리〉를 보며 많이 울었다고 말했지만, 나는 눈물이 한 방울도 나오지 않았다. 대신 마를로의 적나라한 일상을 지켜보며 '나도 젖 물리고 싶다!'는 강한 열망을 느꼈다. 오물오물 젖

가슴을 찾는 입술과 살짝 두근대는 심장. 세상에 아이와 나만 존재하는 듯한 그 무중력 상태를 상상하는 나에게 화들짝 놀랐다. 수유를 하다가 '남편이 참 안됐다'고 생각한 적이 있다. 이 충만한 행복을 남편은 죽었다 깨어나도 모르겠지. 찰나이기는 하지만 난생처음 여성의 몸으로 태어난 일이 축복인 양 느껴졌다.

하루는 곁에서 잠든 아이를 바라보다가 눈물이 왈칵 쏟아졌다. 애 낳다 죽을 뻔한 적이 있는데도 아무 노력 없이 거저 얻은 듯해 부끄러운 마음이 들었다. 실수투성이에 결함 많은 내가 어떻게 이 완전한 존재를 만들었을까?

내 몸의 일부가 아이의 몸을 구성하고 있다고 생각하면 저절로 지금 내 몸을 긍정하게 됐다. 이 감정을 표현하는 데 모성애라는 단어는 너무 부족하다. 세상을 신비롭게 체득하는 순수한 인간, 무한한 가능성, 생명이라는 완벽한 아름다움을 내 몸으로 만들어낸 사실이 경이롭기 때문이다.

툴리와 마를로는 자주 마주앉아 이야기한다. 육아의 고통을 나눈 둘은 어느새 한껏 친밀한 사이가 됐다. 하루는 룸메이트하고 벌어진 갈등 때문에 고민하는 툴리에게 마를로가 말한다.

"여자들은 치유되지 않아요. 겉으로는 멀쩡해 보여도 자세히 들여다보면 컨실러 범벅이죠."

지나치게 솔직한 언행을 해서 룸메이트에게 상처 주지 말라는 조언이었지만, 사실은 마를로 자신에게, 나아가 모든 여성에게 똑같이 적용되는 말이다.

요즘 내 서가에는 질병을 다룬 책이 늘어났다. 원인을 찾지 못한 통증의 역사를 고백하거나 아파도 괜찮다고 말하는 책들을 보면서 나는 출산한 몸 이야기에 갈증을 느꼈다. 더 많은 엄마들이 자기 몸에 관해 말하면 좋겠다. 아픔이든 기쁨이든, 여전히 '나'이지만 출산 이전의 나하고는 달라진 지금의 몸에 관해, 범벅이 된 컨실러를 걷어내고.

엄마는 강하다는 말

▶ 〈펭귄 블룸(Penguin Bloom)〉(2020)

안성은

'엄마는 대단하다'는 칭찬은 사양한다. 약함과 강함이 공존하는 엄마의 삶을 그대로 인정하면서 온전한 내 목소리를 찾기 위해 꾸준히 읽고, 보고, 쓴다.

엄마는 참 대단해

아이가 장염을 앓던 긴긴밤, 사분의삼 박자로 고르게 흐르던 숨결이 급해지면 재빨리 일어나 아이 입에 대야를 갖다 댔다. 토사물이 나오는 찰나에 대야를 대지 못하면 내 손바닥이라도 대신 내밀었다. 누운 채로 용변을 보면 대변이 허리까지 올라오는 탓에, 아이 엉덩이에서 천둥소리가 날 때는 마른침을 삼키며 마음 준비를 해야 했다. 뒤처리를 하는데 남편이 지나가며 말했다.

"으, 나는 못 하겠어. 엄마는 참 대단해."

'여자는 약하지만 엄마는 강하다', '엄마니까 해야지', '엄마가 그것도 모르니' 같은 말들을 우리는 모두 어디서 들어본 적 있다. 엄마는 참 대단하다며 칭찬이랍시고 하는 말에도 듣는 '엄마'는 기분이 썩 좋지 않을 때가 많았다. 엄마라서 할 수 있는 걸까? 엄마는 정말 강한 존재일까? 주변 사람들이 하는 이런 말들에 무거운 돌을 삼킨 듯한 기분이 들었다.

의문이 똬리를 트는 사이 〈펭귄 블룸〉을 봤다. 세계 곳곳을 탐험하며 자유롭게 사는 부부는 종류가 다른 탐험을 하기로 결심하고 아이 셋을 낳아 단란한 가정을 꾸린다. 거의 완벽하다고 생각하던 이 가정의 평화는 영화가 시작된 지 5분도 되지 않아 무참히 깨진다. 가족 여행 도중에 전망대 난간이 부러지면서 엄마 샘(나오미 왓츠)은 바닥으로 추락해 다시는 걸을 수 없다는 선고를 받는다.

산산조각 난 삶

남편 캠(앤드류 링컨)과 아이들은 집으로 돌아와 일상을 회복하려 노력한다. 그렇지만 샘은 아이 신발 끈을 묶어줄 수도 없고 도시락을 싸주지도 못해서 우울하기만 하다. 한밤중에 아이가 아파서 토할 때도 샘은 침대에 누운 채 남편에게 어서 가보라고 할 수밖에 없다. 아이들이 응급 상황에서 무의식적으로 엄마 대신 아빠를 찾자 샘은 절망한다.

"당신 옆에는 내가 있어."

"오늘 기분은 좀 어때?"

아픈 아내를 다정하게 챙기는 말들이 그저 짜증스럽게 들릴 정도로 샘은 정신 상태가 바닥을 치고 있다. 그렇다고 해서 샘을 탓할 수 있을까. 샘은 고백한다. 당신이 옆에 있다는 사실만으로는 부족하다고. 심지어 정말 사랑하는 아이들이 곁에 있어도 부족하다고.

샘은 엄마로서 으레 하던 일들을 하지 못할 때 깊은 무력감을 느낀다. 아무리 친밀한 가족이어도 누가 대신 채울 수 없는 내 문제, 내 몸에 관한 통제권을 잃어버리고 당연히 할 수 있던 일을 하지 못하게 되면서 받은 충격과 혼란, 박탈감이 생기 없는 표정에 고스란히 드러났다.

아이들과 남편이 썰물처럼 빠져나간 집에 홀로 남은 샘은 쳐다보기만 해도 희망찬 기운이 솟아날 듯한 햇살을 커튼으로 가린다. 테이블 위에 잘 놓여 있는 유리병을 일부러 조금씩 밀어서 떨어트린다. 샘은 산산조각 난 유리병을 무표정하게 바라본다.

"나는 변함없는 네 엄마야"

아들 노아(그리핀 머레이 존스톤)가 찍어둔 캠코더를 우연히 본 샘은 노아의 속마음을 알게 된다. 영상에는 자기가 전망대로 부르는 바람에 엄마가 다쳤다며 죄책감을 털어놓는 아들 모습이 고스란히 담겨 있었다. 대화를 하지 않고 피하기만 하던 아들 노아와 엄마 샘은 이 일을 계기로 이야기를 나누게 된다.

샘은 말한다. 네 잘못이 아니라고. 노아는 반문한다. 내 탓이 아니라면 왜 나를 쳐다볼 때는 눈빛이 달랐냐고, 왜 나한테는 아무 말도 안 하고 가까이 오지 않았냐고. 샘은 말한다. 내 안에 있는 이 알수 없는 분노가 치밀어 올라서 폭발할까 봐 두려웠다고, 그 전망대에 올라가지 말 걸 하는 후회도 있지만 우리가 선택한 일이지 네 탓은 아니라고, 엄마가 강하지 못해서, 진작 말해주지 못해서, 네가 힘든 시간 보내게 해서 미안하다고.

불현듯 깨달은 샘은 선언하듯 말한다. 그동안 이 상황을 이겨낼만큼 강하지 않다고 생각했지만, 이제 내가 강해졌다는 사실을 알았다고. 그리고 아이에게 고백한다.

"엄마는 여기 있어. 나는 네 엄마야. 변함없는 엄마."

샘은 자유롭게 움직일 수 있던 예전 모습이 담긴 액자를 모두 깨트린 적이 있었다. 남편이 아무리 당신은 변하지 않았다고, 괜찮다고 말해도 소용없었다. 아들 노아를 대면하면서 비로소 샘은 스스로 말할 수 있게 된다. 나는 변함없는 네 엄마라고.

사고는 일어났고, 걸을 수 없다는 사실은 변함이 없다. 예전에 살던 방식이 많이 달라지고 그동안 하던 일들을 하지 못하게 됐지만, 샘이 샘이고 노아의 엄마인 사실은 그대로다. 때때로 그렇듯 어떤 진실은 머리에서 가슴까지 가는 동안 자기만의 시간이 필요한 법이다.

반짝이는 물살을 가르며

노아는 둥지에서 떨어진 새끼 까치를 집으로 데려와 '펭귄'이라는 이름을 붙이고 보살핀다. 가족이 모두 모여 이름을 지을 때 검고 하얀 여러 동물과 사물이 등장하지만 노아는 생각이 확고했다. 처음부터 끝까지 펭귄.

날지 못하는 새, 펭귄이라는 이름이 붙은 까치와 걷지 못하게 된 샘의 만남은 운명이었을까. 집에서 야생 조류를 키울 수는 없다고 관심도 주지 않던 샘은 꿀물에 빠져 허우적거리는 펭귄을 구해주고, 자기가 옆에 있어야 울음을 그치는 펭귄을 보면서 굳게 닫아놓은 마음의 커튼이 조금씩 걷히는 느낌을 받는다.

사람은 자기 의지대로 자유롭게 살 수 있을 때 살아 있다고 느끼고, 다른 이에게 도움을 줄 수 있을 때 존재감을 찾는다. 아이들에게 필요 없는 존재가 된 듯한 무력감에 빠진 샘에게 펭귄은 마음속 꺼져가던 자존감의 불씨를 되살리는 매개체가 된다.

따뜻한 보살핌을 받으며 살이 붙고 건강해진 펭귄은 조금씩 비행을 시도하다가 어느 날 한순간에 힘껏 날아오른다. 펭귄이 푸른 하늘을 마음껏 비행하는 모습을 보면서 가족은 큰 위로를 받는다. 샘은 새로운 일에 도전할 용기를 얻고, 하반신 마비 상태에서 할 수 있는 운동을 시작한다.

카약을 처음 배우게 된 샘에게 강사(레이첼 하우스)는 물에 빠져보라고 권유한다. 휠체어를 탄 채 물속으로 끝없이 가라앉는 꿈을 꾸던 샘은 현실에서 악몽을 반복할 수 없었다. 강사는 별것 아니라는 듯 한마디 툭 던진다. 팔은 움직일 수 있지 않으냐고. 숨 막히는 대치 끝에 한숨을 내쉬고 카약 위에서 몸을 기울여 스스로 물에 빠진 샘은 움직일 수 있는 두 팔로 균형을 잡는다. 물 위에 떠오른 샘의 얼굴에 그제야 살며시 웃음이 피어난다.

그날부터 샘은 카약 훈련에 매진한다. 반짝이는 물살을 가르며 유유히 나아가는 샘의 다부진 모습이 강물을 따라 도도하게 흘러간다.

엄마는 강하다는 말

엄마는 이러이러해야 한다는 압박은 중력처럼 지금도 계속 우리 어깨를 내리누른다. 그렇지만 물속에서 부력이 작용하듯, 우리에게는 사회적 통념에 물음표를 띄우고 다시 생각하는 힘이 필요하다. 엄마여서 할 수 있는 일은 과연 정해져 있는 걸까? 엄마는 정말 강한 존재일까? 아니, 엄마는 왜 꼭 강해져야 할까?

처음 엄마가 된 순간 느낀 감정은 머릿속에 또렷하게 박제돼 있다. 아이를 키우면서 느낀 막막함과 무력함도 마찬가지다. 지금의 내가 손쉽게 할 수 있는 일을 그때의 나는 두려워했다. 강해진다는 것은 뭘까. '나는 못 할 거야'에서 '나는 할 수 있어'로 바뀔 때, 바로 그 순간 나는 어제보다 조금은 더 강해진다.

샘은 자기 자신을 돌보고 강해질 수 있는 길을 찾았다. 사랑하는 가족(남편과 아이들)과 펭귄이 도왔지만, 지독히 힘겨운 번민을 거쳐 스스로 내뱉은 자기 선언이 없었다면, 악몽을 이겨내고 스스로 물속으로 들어가는 결단이 없었다면, 카약을 타고 있을 때 보여준 찬란하게 빛나는 모습은 불가능했다.

마지막 장면쯤 가족의 추억을 기록한 액자들이 걸려 있는 벽이 다시 나온다. 사고가 나기 전에 서핑 보드를 들고 서 있는 샘과 카약을 타고 앉아 있는 샘의 사진이 나란히 보인다. 그리고 노아의 독백이 나온다. 지금의 엄마는 예전의 엄마가 아니고, 엄마가 바라던 사람이 아니라는 사실도 안다고. 그렇지만 내게 엄마는 그 이상이라고.

약함과 강함이 공존하는, 역설로 가득한 엄마의 삶을 인정하면서, 그리고 과거의 나와 오늘의 나를 보듬어 안으면서, 엄마는 강하다는 말을 이제 제대로 쓰고 싶다. 아무도 강요하거나 협박하지 않은 온전한 내 목소리로.

모래사장에 빠진 유아차를 옮기려면

▶ 〈박강아름 결혼하다〉(2021)

나비

비에 젖은 모래사장에서 어떻게 하면 유아차를 잘 옮길지 고민 중이다. 결혼 생활의 필수품은 불타는 애정이 아니라 든든한 팀워크라고 믿고 있다.

비는 그칠 기미가 보이지 않는다. 하늘에는 회색 구름이 가득하고 몰아치는 파도도 사납다. 여자는 유아차를 밀어보려고 끙끙대지만, 바퀴가 모래사장에 박혀 굴러가지 않는다. 멀찍이 있던 남자가 다가와 유아차의 앞쪽을 든다. 둘은 점점 더 굵어지는 빗속에서 유아차를 들고 바다 가까이 간다. 잠시 시간을 보낸 둘은 비를 쫄딱 맞으며 유아차를 들고 돌아온다. 카메라 앞에 빗물이 튀어 시야가 흐려질 만큼 비가 거세다.

다큐멘터리 〈박강아름 결혼하다〉의 마지막 장면이다. 감독이자 주인공인 박강아름은 정성만하고 결혼한 뒤 프랑스에 가서 벌어지는 이야기를 카메라에 담았다. 아름은 미술 학교에서 공부해 영화 작업에 깊이를 더할 계획이었다. 프랑스어를 할 줄 아는 아름이 체류 비자 연장 같은 행정 업무와 가계 지출 관리를, 프랑스어를 전혀 못 하는 성만이 가사를 맡았다. 프랑스에서 할 수 있는 일이 밥뿐인 성만은 점점 우울해진다. 그러다가 아이가 태어났다. 아름은 어학원에 복학했고, 미술 학교에 입학하는 데 필요한 어학 점수와 포트폴리오를 만드는 데 온 시간을 썼다. 성만은 아이를 돌보며 아름에게 매일 도시락 두 개를 싸줬다. 간밤에 어떤 사람의 하인이 된 꿈을 꿨다고 말하는 성만에게 꿈과 현실은 구분이 분명하지 않다. 두 사람은 싸우고 또 싸웠고, 한 명이 집을 잠깐 나가기도 했다. 감독은 무슨 이야기를 하고 싶은 걸까 하는 의문이 커져갈 즈음, 영화는 마지막 10분을 쏟아 바닷가 장면을 보여준다.

결혼, 다툼의 역사

결혼 전에는 사람들하고 싸운 적이 없었다. 어릴 적부터 착한 딸이 되고 싶어 부모님 말을 거스른 적 없었고, 외동이라 형제들하고 싸울 일도 없었다. 중학교 1학년 때 왕따를 당한 뒤로 사람들하고 다투는 일 자체를 겁냈다.

결혼하면서 다툼이 시작됐다. 나는 명란젓 넣고 끓인 알탕을 좋아하는데 남편은 알탕을 그다지 즐기지 않는다는 식의 차이는 받아들일 수 있었다. 취향보다는 성향 차이가 원인이었다. 남편은 한 가지에 치우치는 상황을 경계하는 편인데, 나는 연예인이든 책이든 마음이 가면 몰입하는 유형이다. 그런 내가 2019년에 부너미가 낸 첫 책 《페미니스트도 결혼하나요?》에 그만 푹 빠져버렸다.

그전에는 여성만 하는 명절 노동이 조금 불편했다면, 이제는 마구 화가 났다. 내가 어릴 때도 며느리들만 일했는데, 30년이 지난 지금도 똑같다는 사실을 받아들이기 힘들었다. 우리 집부터 바뀌어야 하지 않겠냐고 씩씩거리면 남편은 사회가 변하고 있으니 서서히 바뀌지 않겠냐고 대꾸했다.

온도 차가 너무 크게 느껴질 때면 눈물이 났다. 조리 있게 말하지 못하는 나는 울면서 화부터 냈다. 그러면 남편은 화내면서 말하지 않으면 좋겠다고 이야기했다. 당장 힘든데 어떻게 사회가 바뀔 때까지 기다리자 하는지 속상해서 울다가, 남편이 화내지 말라고 하니 짜증 나서 울다가, 어느 순간 왜 나는 화내지 않고는 말을 못 하나 싶어서 또 울었다.

왜 말꼬투리를 잡느냐고 따져도 봤지만, 싸울 때마다 침착하게 이야기하자는 메시지는 변함없었다. 살면서 남편이 내게 언성을 높인 적은 딱 한 번밖에 없었다. 자기가 하는 주장을 잘 실천하고 있으니 당신은 왜 언행일치가 안 되냐고 항의할 수도 없었다. 이참에 나도 차분하게 내 의견을 말하는 법을 연습해야 했다.

협력을 끌어내기 위한 시도

기회는 금방 찾아왔다. 2020년은 아이를 둘 낳고 내리 육아 휴직을 한 지 4년째 되는 해였다. 아이들이 잠들면 온라인으로 장을 보고, 집을 치우고, 반찬을 만들었다. 집안일은 온종일 해도 끝나지 않았는데, 아무리 해도 현상 유지가 최선이라 더 기가 막혔다. 손목과 발목, 허리가 바늘로 찌르는 듯 아팠다.

나는 가사와 돌봄을 남편하고 나누기로 결심했다. 남편은 세탁 완료 알림을 아예 듣지 못했다. 몸무게에 맞게 기저귀를 바꿔야 한다는 사실도 알 필요가 없었다. 우선은 집에서 해야 할 노동의 종류가 얼마나 많고 다양한지 남편이 알아챌 수 있어야 했다.

어떻게 전달할까 고민하다가, 어떤 행동에 짜증이 나더라도 말투에 부정적 감정을 싣지 않는 연습을 했다. 이를테면 남편이 설거지를 끝낸 뒤에도 밥솥에 밥이 다섯 숟가락 정도 남은 채로 보온 상태라면 어떻게 할까. 순간 화가 나지만 실수일 뿐이라고 되뇐다. 힘을 빼고 건조하지만 구체적으로 말한다.

"여기 밥이 조금 남아 있으니까 그릇에 덜어놓자. 다음에는 설거지할 때 밥솥도 같이 챙겨줘."

신기했다. 전에는 씨알도 먹히지 않았는데, 말하기 방법을 바꾸니까 남편이 움직이기 시작했다. 알고 보니 남편은 가사와 돌봄을 함께하는 배우자이자 다정한 아빠가 되고 싶은 욕망이 있었다. 가사와 돌봄에 관련된 눈을 밝혀주니, 실천이 따라왔다.

어떤 상황에서 내가 남편에게 짜증이 나는지도 생각해봤다. 주로 몸이 힘든데 나한테 맡겨진 일이 너무 많다 싶을 때였다. 나는 남편에게서 배운 '잠깐 누워 쉬기'를 활용하기로 했다.

신혼 때 나는 남편이 간혹 주말에 낮잠을 자는 모습을 신기하게 바라보기도 했다. 나는 평소에 낮잠을 자지 않아서 그 모습을 이해하지 못했다. 한번은 나도 침대에 누워 잠시 눈을 감아봤다. 30분 정도 누워 있는데도 내 몸의 배터리가 급속 충전 됐다. 이제는 남편이 너무 많이 잤다며 미안한 표정으로 방에서 부스스 나오면, 나는 괜찮다고 웃으면서 들어가 남편이 누워 있던 그 자리에 눕는다.

불타오르는 애인보다는 든든한 동료

주어진 모든 일에 짓눌린 상태가 아니라면, 낮잠을 자지 않아도 괜찮을지 모른다. 그렇지만 〈박강아름 결혼하다〉에 나오는 노래 〈빠까아뚬〉의 노랫말처럼 나에게도 '매일 또다시 반복되는 건 산더미처럼 쌓인 문제들'이다. 부부 한쪽이 가사와 돌봄의 최전선에서 한 발자국 물러나려면 다른 한쪽의 백업이 필수적이다.

아름과 성만도 가정을 굴러가게 하려고 나름의 방식으로 서로 지원한다. 성만은 공부하는 아름을 도우려고 주 양육자로서 아이를 돌보고 음식을 전담한다. 아름은 성만이 '주부 우울증'에 걸리자 기운을 북돋우려고 집에 한 번에 한 테이블만 예약을 받는 식당을 차린다. 두 사람은 애정이 활활 불타오르는 사이라기보다는 위기를 헤쳐가기 위해 구성된 팀처럼 보인다.

2020년 8월에 복직한 나는 아침에 아이들을 등원시킨 뒤 늘 정신없이 출근했다. 저녁에는 하원을 맡아주는 부모님하고 바통 터치를 하느라 숨 가쁘게 회사를 나섰다. 아침저녁으로 몸과 마음이 소진되는 나날이었다. 더는 혼자 등원을 맡고 싶지 않았다. 상대적으로 야근을 조금 더 많이 하는 남편이 아침 시간을 맡고 내가 저녁 시간에 가사와 돌봄을 맡아야 한다고 생각했다.

2021년 7월, 나는 남편에게 등원을 맡아달라는 말을 하기로 마음먹었다. 그런데 막상 말을 꺼내려 하니 내면의 목소리들이 들끓어 올랐다. '1년 동안 조금 힘들기는 해도 잘 해냈잖아.' '조금이라도 아이들하고 더 시간을 보내야 하지 않겠어?' 내 안의 강박을 억지로 제쳐놓고 남편에게 이야기를 꺼냈다. 남편은 생각할 시간을 달라고 하더니, 며칠 뒤 출근 시간을 열 시로 바꾸고 단축 근무 한 시간을 써서 여섯 시에 퇴근하겠다고 말했다.

남편이 등원을 맡은 다음부터 나는 아침에 조금 일찍 나와 회사 근처 카페에 간다. 적어도 한 시간을 혼자 보낼 수 있게 돼 삶의 질이 한층 높아졌다. 남편은 내가 아침에 운전을 급하게 한 이유를 이제 이해하겠다고 말했다. 아이들 준비물을 챙기면서 돌봄 기관에서 어떤 수업을 하는지도 알게 됐다. 남편과 나는 이렇게 한 팀이 됐다.

모래사장에 빠진 유아차를 옮기려면

아무리 페미니즘 공부를 해도 내 안에는 여전히 가사와 돌봄을 엄마가 전담해야 한다는 고정 관념이 있었다. 그런데 남편하고 한 팀이 돼 일을 나누는 경험을 하자 견고한 고정 관념에 선명한 균열이 생겼다. 우리가 정말 한 팀이라면 모든 일을 내가 해야 한다는 생각을 내려놓아야 했다. 나를 옭아매는 강박에서 벗어나야 했다.

가사나 돌봄은 사람마다 방법이 다를 뿐 경험이 쌓이면 누구나 숙련될 수 있다. 나는 팀원으로서 남편을 더 믿기로 했다. 몇 년 전만 해도 외출 일정이 있을 때는 전날부터 바빴다. 고기를 재고 국을 끓여서 딱 차려 먹이면 되도록 준비했다. 이제는 남편이 아이들하고 어떻게 시간을 보낼지, 어떤 음식을 먹일지 알아서 계획하도록 둔다.

아름과 성만이 유아차를 떨어트리지 않고 바다 가까운 곳으로 들고 가는 모습이 결혼 생활의 핵심으로 느껴졌다. 아름은 싸우고 화해하고 다시 싸우면서도 힘을 합치는 일이 쌓여 '평범한' 결혼 생활이 완성된다고 말한다. 결혼한다고 해서 20년 넘게 다르게 살아온 사람이 한순간에 호흡이 맞을 수는 없다. 힘들어하는 배우자에게 손을 내밀 수 있는 마음이 부부라는 한 팀을 단단하게 만든다. 모래사장에 빠진 유아차는 혼자 힘으로 끌 수는 없다. 두 사람이 힘을 모아야 비로소 세상은 움직인다.

아름다운 추억 속에 숨겨진 그늘

▶ 〈남매의 여름밤〉(2020)

하지현

엄마하고는 다른 삶을 살겠다고 다짐했지만 어느새 엄마의 전철을 밟고 있는 전업 주부 8년차. 애초에 선택지가 없었나 의심하고 있다.

외갓집은 부산 어느 오래된 동네에 자리잡은 양옥이었다. 차가 뒤 집힐 듯한 가파른 언덕길을 여러 번 오르다가 '장미 맨션'이라는 커다란 글자가 보이면 곧 도착이었다. 외할머니는 커다란 약수통 두 개로 우리가 주차할 구역을 표시해놓고 집 앞 구멍가게 평상에 앉아 계셨다.

나는 외갓집이 좋았다. 걸걸한 욕으로 애틋한 마음을 드러내는 외할머니 목소리가 들리면 엄마도 말이 빨라지면서 우리를 둘러싼 공기는 순식간에 활기가 돌았다.

"누나!"

외삼촌들은 경쾌한 목소리로 마중했다.

"아부지, 저희 왔어요."

엄마는 집으로 들어서며 반갑게 소리쳤다. 내가 본 가장 공손한 태도로 인사하는 아빠도 좋았다.

부모님은 나와 동생을 방학 때 자주 외갓집에 맡겼다. 쭉 아파트에서 산 우리에게 2층 양옥은 테마파크였다. 지하로 내려가면 또다시 1층으로 연결되는 계단과 작은 앞마당, 화단에서 자라는 포도나무와 고추나무, 오래된 잡동사니들과 진갈색 마룻바닥, 정각마다 음악 소리가 나오던 커다란 괘종시계, 금붕어가 헤엄치는 어항은 값비싼 장난감보다 훨씬 재미난 놀잇감이었다.

〈남매의 여름밤〉은 옥주(최정운) 가족이 가세가 기울어지자 할아버지네 오래된 2층 양옥집으로 들어가면서 시작한다. 얼마 지나지 않아 결혼 생활에 위기를 겪고 있는 고모(박현영)도 그 집으로 들어온다. 10대인 옥주와 동주(박승준) 남매, 그리고 어른 남매인 아빠(양흥주)와 고모는 그 양옥집에서 한 계절을 보내게 된다.

외할머니와 〈봉선화 연정〉

할아버지(김상동)는 노환으로 몸이 불편하다. 영화 내내 대사도 움직임도 거의 없다. 고목처럼 보이는 할아버지도 감정이 살아 있다는 사실을 보여주는 장면이 인상 깊었다. 새벽에 잠에서 깬 옥주가 거실에서 들리는 음악소리를 따라 1층으로 내려간다. 할아버지는 소파에 앉아 맥주병과 잔을 테이블 위에 놓고 눈을 감은 채 장현이 1980년에 부른 〈미련〉을 듣고 있다. 옥주는 선뜻 다가가지 못하고 계단에 앉아 할아버지를 바라본다.

외할머니는 노래방에서 가족들 환호를 받으며 눈을 감은 채 현철이 1988년에 부른 〈봉선화 연정〉을 완창했다. 박자를 틀리고 음정이 안 맞아도 외할머니는 당신만의 흐름대로 노래를 끝까지 마쳤다. 유행가를 즐기는 외할머니가 어색하게 느껴지는 어린 나이였지만, 나는 소란하고 사랑스러운 분위기만큼은 선명하게 기억한다.

외할머니는 열아홉 살 때 시집와 딸 하나에 아들 셋을 낳았다. 아들을 낳아야만 자기를 증명할 수 있던 그 시절 외할머니가 느낀 자부심은 꽤나 대단했다. 그 정도면 시대가 요구하는 몫을 다했다고 느낀 걸까? 외할머니는 자기를 지우고 남편과 가정을 위해 희생하라는 압박에는 순응하지 않았다. 술과 친구를 좋아한 외할머니는 '장에 파 사러 나가서 다음날 집에 들어오는 사람'이었다고 엄마는 말했다.

'시숙에게 대드는 강심장 며느리'이기도 했다. 외할머니는 시댁 식구들이 집에 온다는 소식이 들리면 일찌감치 집 밖으로 나갔다. 자연히 손님치레는 아무것도 모르는 엄마와 외할아버지 몫이 됐다. 성실한 남편에다가 아들도 셋이나 있었지만, 외할머니는 긴 방황의 시기를 보냈다. 가족을 건사하는 일과 개인의 행복은 별개라는 사실을 무의식적으로 아신 걸까? 그 시절 여성상하고 사뭇 다른 외할머니는 그때는 이해받지 못했지만, 지금의 나에게는 많은 영감을 준다.

탯줄로 이어진 인연

호탕한 성격하고는 왠지 어울리지않지만, 외할머니는 동식물을 사랑했다. 강아지나 토끼, 새 같은 동물도 가끔 키웠는데, 외할아버지는 늘 못마땅해했다. 외할머니는 마당에 선인장을 비롯해 관상용 식물을 여럿 키웠는데, 동생이랑 몰래 선인장을 만지고 놀다가 손에 잔가시가 잔뜩 박힌 적이 있었다. 놀라서 우는 나를 덤덤하게 달래시며 고무 대야에 물을 받아 손을 씻기던 외할머니가 떠오른다.

외할머니는 우리 자매를 동네 여기저기 데리고 다녔다. 덕분에 목욕탕에 가서 실컷 물놀이도 했고, 손녀가 예쁘다는 칭찬을 듣던 절에도 자주 갔다. 아프면 소아과에도 엄마 대신 외할머니하고 같이 갔다. 쓴 약을 제대로 넘기지 못하면 엄마보다 더 크게 화도 냈다. 자상하고 인자한 할머니는 아니었다. 집 안 아무데서나 담배를 피웠으며, 투박하고 직설적인 말투에서는 독특한 친밀감이 배어 있었다.

나는 첫 손녀였고, 나중에 태어난 사촌들하고 나이 차이가 꽤 졌다. 맏이가 되어 늘 양보하는 삶을 살아야 했지만, 외할머니와 단둘이 쌓은 추억을 생각하면 일찍 태어난 일이 마냥 억울하지만은 않다. 헤어질 때마다 고쟁이 속주머니에서 만 원을 꺼내 내 손에 쥐여주던 외할머니. 나에게서 엄마로, 엄마에게서 외할머니로 쭉 이어지는 모계를 생각한다. 뜨끈하고 질기게 이어지는 탯줄을 떠올린다. 외할머니와 나는 성씨로 무리 짓는 부계의 결속력하고는 다른, 탯줄로 이어지는 따뜻하고 뭉근한 모계의 특별함을 공유하고 있다.

'왜'가 된 '외'

외할머니하고 다르게 외할아버지는 순하고 잘 웃는 조용한 분이었다. 외할아버지가 돌아가신 때 어른들이 다 같이 엉엉 우는 모습을 처음 봤다. 모든 가족이 거대한 울음바다를 빠져나와 납골당으로 향할 때, 둘째 외삼촌이 납골당에 놓을 비석을 보여주며 말했다.

"네 이름도 여기 예쁘게 새겨져 있다."

외삼촌이 한 말은 관심과 사랑의 표현이었지만, 나는 '네 이름도'에서 흠칫하고 말았다. 비석 속 내 이름이 외삼촌들 자녀하고는 다른 위치에 있다는 사실을 처음 안 순간이었다. 나는 비석에 있는 새겨진 이름을 물끄러미 응시했다.

'외손 ○○○.'

아들 중심 가족 안에서 딸은 언제나 뒤로 물러서야 자연스러웠다. 나는 상복을 입지 않았고, 장례식장 화면 가장 아래쪽에 이름이 있었고, 영정 사진도 들지 않았다. 비석에 외손녀 이름을 아예 새기지 않는 시절도 있었을까. 한 번씩 제사 때 놀러 오라는 외삼촌 말은 '배려'였지만, 거리를 두는 듯해서 섭섭하게 들렸다. 자연스러운 관계의 소멸이 아니라 '외'라는 글자가 억지로 떼어놓는 이별이었다. 가족이던 나는 손님이 됐다.

장례가 끝나고 머릿속에서 '외'라는 글자가 며칠 동안 떠나지 않았다. '외'는 '왜'라는 의문사가 돼 가슴 한구석에 둥둥 떠다녔다.

딸이라서, 딸이니까

외할아버지가 돌아가시고 얼마 지나지 않아 외할머니도 요양 병원으로 가셨다. 그러고는 3년을 병원에 계시다가 돌아가셨다. 외삼촌들은 외할머니가 병원에 가 있는 동안 외갓집을 팔았다. 엄마하고는 상의하지 않았다.

〈남매의 여름밤〉에도 옥주의 아빠와 고모가 할아버지 집을 파는 장면이 나온다. 나는 뻔한 재산 싸움이 일어날까 봐 마음을 졸였다. 다행히 영화 속 '오빠'는 재산을 독차지하려는 장남은 아니었다.

외갓집을 처분하는 과정에 엄마는 의견을 낼 수 없었다. 엄마는 삼촌들이 요구한 이런저런 서류들이 재산을 처분하는 데 쓰이리라고 상상하지 못했다. 엄마는 장녀이지만 우리 집보다 경제적으로 더 힘든 동생들이 재산을 나눠 가진 일은 전혀 서운하지 않다고 했다. 그렇지만 자기 의견을 묻지 않고 추억 어린 집을 판 행동은 꽤 괘씸하게 생각했다.

엄마의 삶을 상상해본다. 살림 밑천으로 살다가 결혼하면 출가외인이 되던 시절에 엄마가 치른 많은 희생을 생각한다. 딸이라서 당연히 포기한 공부와 외삼촌들은 한 번도 걱정한 적 없는 갖은 집안일을 떠올린다.

엄마와 아이들을 데리고 옛 모습을 복원해놓은 근대 역사 거리에 간 적이 있다. 애니메이션 〈검정고무신〉에 나오는 옛날 옷을 입은 인형들이 전시돼 있었다. 그때 엄마가 한 인형을 가리키며 말했다.

"저 인형 완전 나다!"

짧은 단발머리를 하고 포대기로 어린 남동생을 업고 있는 10

대 여자아이 인형이었다. 엄마는 그 인형을 애틋한 눈길로 바라보며 웃었다. 나는 엄마를 따라 웃지 못했다.

추억은 영화처럼 아름답고, 고통스러운 기억도 그저 아련하게 느껴지기 마련이다. 〈남매의 여름밤〉은 오래 묵은 추억을 꺼내 먼지를 털어내고 그때는 보이지 않던 이면을, 쉽게 지나치던 숨겨진 의미를 다시 생각하게 했다. 흐려지는 유년의 기억을 집요하게 되살릴수록 추억이 더는 애틋할 수만은 없다는 현실도 깨닫는다.

언제부터 오래된 앨범을 들출 때 어릴 적 내 얼굴보다 엄마 얼굴에 눈길이 길게 머문다. 내가 엄마가 되고 보니 내 엄마의 삶도 더욱 깊이 알아차리게 된다. 점점 닮아가는 외모처럼 엄마라는 삶의 풍경도 비슷하게 되풀이될까?

언젠가 우리 아이들이 추억하게 될 '유년 시절의 오래된 양옥집'에는 햇살이 구석구석 골고루 잘 들면 좋겠다. 딸이니까 하는 희생이라는 그늘진 이면 없이 아름답게 기억될 수 있도록 말이다.

나에게는 날개가 있다

▶ 〈레볼루셔너리 로드(Revolutionary Road)〉(2009)

이민영

엄마로 산 지 16개월, 배우자로 산 지 104개월째. 그 둘을 넘어선 삶을 탐색 중이다.

"출국 날짜가 잡혔어."

조심스러운 말에 나는 별 감흥 없다는 듯 하던 일을 계속했다. 돌 갓 지난 아이를 두고 또 해외 근무라니. 해외 근무에는 이골이 났지만, 솔직히 바짓가랑이라도 잡아 배우자를 주저앉히고 싶은 심정이었다. 그런데 방법이 없다. 내가 해야 하는 일은 부재의 시간을 무사히 견디는 일뿐이다.

육아가 어렵고 고달프다는 이야기는 자주 듣고 각오도 했지만, 아이를 낳은 뒤 정작 나를 당황하게 만든 일은 변화된 부부 관계였다. 양육을 시작하면서 나는 시도 때도 없이 피곤했다. 짬이 날 때면 배우자는 직장에서 벌어진 일이나 주말에 만난 가족들 안부 같은 이야기를 나누고 싶어했지만, 내게 남아 있는 티끌만 한 힘은 도무지 배우자를 향하지 않았다. 출산 뒤 관심 밖으로 밀려난 수백 가지 중에는 배우자도 포함돼 있었다.

배우자는 받아들인다면서도 섭섭해했다. 육아는 정말 고되니까 당연하다고, 늘 아이에게 촉각이 곤두서 있으니 내게는 신경쓰기 어려울 수 있다고. 그렇지만 지지와 격려를 받고 싶은 마음도 숨기지 않았다. 나도 마찬가지였다. 온종일 동동거리는 수고를 알아주는 다정한 목소리가 매 순간 목말랐다. 당신도 나 같겠지, 애틋하면서도 같은 처지라고 퉁치기에는 왠지 모르게 분했다.

각자의 최선이 엇갈릴 때

뉴욕 맨해튼에서 한 시간 정도 걸리는 교외 지역인 레볼루셔너리 로드에 정착한 윌러 부부는 이웃들 부러움을 사는 대상이다. 정작 자기들은 무료하고 따분한 일상에 질려 있다. 남편 프랭크(레오나르도 디카프리오)의 서른 번째 생일, 아내 에이프릴(케이트 윈슬렛)은 기발한 아이디어를 낸다. 연애 시절 프랭크가 꼭 다시 가고 싶다고 한 파리로 이주하자는 계획이다. 의기투합한 두 사람은 계획을 실행에 옮길 준비를 하며 활기를 찾는다. 그러던 중 프랭크는 승진을 제의받고, 에이프릴은 셋째를 임신한 사실을 알게 된다.

에이프릴은 결혼 전 진취적이던 프랭크의 모습이 그립다. 그러나 프랭크는 막상 승진을 권유받자 뿌듯한 마음을 감추지 못하며 현실에 안주하려 한다. 에이프릴은 새로운 삶을 찾아 파리로 떠나고 싶지만, 부부의 마음은 엇갈린다.

아이를 낳고 배우자의 첫 해외 출장이 정해질 무렵 질문을 던졌다. 남들은 부서 이동 하려고 육아 휴직을 쓰기도 한다는데 돌도 안 된 아이를 돌보는 당신이 휴직하는 데 무리가 없지 않냐고. 프로젝트가 너무 바빠 불가하단다. 내근직으로 보직을 바꾸면 어떻겠냐고 물었다. 실상 주무에서 배제되는 격이라 싫단다. 직장 생활이 자기가 지닌 가능성을 좀먹고 있지는 않을까 불안해하면서도 최선을 다하고 있는데 뭘 더 바라느냐며 지친 얼굴로 이해를 구하던 배우자의 모습은 프랭크하고 닮았다.

　에이프릴과 프랭크가 파리라는 환상을 품었듯이, 배우자는 가끔 남들 보기에 매력적인 해외 근무지에 관해 말했다. 아이 외국어 학습에 도움이 되고 추가 수당도 나오는 해외 근무지에서 살아보면 어떠냐고. 내 삶을 살겠다고 호언장담하던 나는 이제는 그런 선택도 나쁘지 않다고 주억거릴 만큼 고단하다. 파리든 맨해튼이든 청소와 빨래에 치여 집과 동네를 벗어나지 못한 채 식구를 돌보는 존재로 살아가야 하는 삶은 한국하고 별반 다르지 않을 테니까.

배우자는 가지고 나는 가지지 못한 것

에이프릴이 파리에 가면 국제기구에 비서로 취업해 프랭크를 뒷바라지하겠다고 할 때, 배우를 꿈꾸는 에이프릴이 왜 할리우드나 브로드웨이로 가려 하지 않는지 의아했다. 그러나 영화를 여러 차례 보면서 마음이 바뀌었다. 나도 대부분의 일상을 가사와 육아로 보내면서 위축되고 채용 공고만 읽어도 가슴이 조이기 때문이었다.

　퇴직하고 얼마 지나지 않아 우울감이 절정에 다다르자 배우자는 베이비 시터를 따로 구하더라도 다시 직장에 다니는 편이 낫겠다고 권했다. 다시 직장을 구하려니 중간 관리자로 일한 내가 갈 만한 자리는 한정적이고 제약이 많았다. 아니면 눈을 낮춰야 하는데, 아이 돌봄을 돈 주고 맡기려면 직전 연봉까지는 아니어도 포기할 수 있는 급여에 한계가 확실했다.

무엇보다 아이를 낳고 나니 이전에는 신경쓰지 않던 조건들이 따라붙었다. 프리랜서나 반나절 재택근무 정도가 그나마 가능한 일이었는데, 직장 생활만 10년 넘게 한 내가 선뜻 도전하기에는 엄두가 나지 않았다. 난생처음 '이럴 줄 알았으면 육아 휴직을 안정적으로 보장받는 직장에 다녀야 했는데' 하는 후회도 들었다. 한철 자부심 넘치게 일한 과거를 스스로 부정한 듯해서 씁쓸해졌다.

구직을 준비하다 보니 배우자에게 불똥이 튀었다. 정신없이 일하느라 사무실에 앉으면 화장실 갈 때 빼고는 커피 한 잔 여유 있게 마실 수 없다는 일상이 미친 듯이 부러웠다. 밥하는 시간이 아까워 아이 데리러 가기 전에 김밥 한 줄 후다닥 사 먹는 내게는 점심시간에 동료들끼리 반찬 삼아 아이들 안부를 나눈다는 말이 쓰라렸다.

주 1회 허용된 술자리를 언제 쓸지 눈치보면서 다음주에는 어쩔 수 없이 저녁 약속이 두 번 잡혀 있다고 사정해야 하는 치사함을, 아이 기침이 멈추지 않고 열이 오르니 오늘은 어린이집에 보내지 말자고 중얼거리며 출근하는 찜찜함을, 나도 느껴보고 싶었다. 어쩌면 내가 진심으로 바라는 일은 배우자는 가지고 있지만 나는 가지지 못한, 과거의 나는 조금은 누릴 수 있던 이 모든 것일지도 모른다.

결국 구직은 잠정 휴업에 들어갔다.

서 있는 곳이 다르다

출국일이 정해지고 며칠 뒤, 배우자는 현장 수당이 나오는 파견이 아니라 출장으로 바뀌었다며 불만을 털어놨다. 여러 달 현지에서 근무해야 하는데 왜 출장이냐 물으니 장기 현지 근무가 아니면 눈치껏 출장으로 다녀오는 방식이 요즘 관례란다.

며칠을 고민하다가 말을 꺼냈다. 당신이 회사 내규상 마땅히 받아야 할 정당한 대우를 받지 못해 속상하지만, 나는 다른 결의 억울함이 크다고. 당신이 오롯이 일에만 집중할 수 있는 환경은 이곳에 남아 가사와 육아를 전담하는 나 덕분에 마련된다고. 한국 사회는 생계 부양자인 당신에게 연관된 사적 관계와 구실을 도맡는 내 몫의 급여까지 주는 형태로 설계됐다고. 당신 회사가 나 몰라라 하는 그 비용은 당신에게 주는 수고비인 동시에 당신 없는 동안 내가 맡아야 하는 초과 노동의 값이라고. 그래서 나는 내 월급을 떼먹겠다는 말을 들은 듯 분노를 느낀다고.

배우자는 깊이 공감하며 고개를 끄덕였다. 그러나 본사 앞에서 피켓을 들고 탄원서라도 나눠주며 문제를 제기해도 되겠냐는 말에는 당혹해하며 난처한 기색을 보였다. 앞으로 이 회사를 계속 다니려면 평판이 중요한데 길게 봐야 하지 않느냐는 말을 들으면서, 나는 우리가 서 있는 곳이 다르다는 현실을 다시금 깨달았다.

평온한 일과를 보내다가 하루에도 몇 번씩 피가 거꾸로 솟구쳤다. 배우자가 직원들에게 '수당 건은 아쉽지만 수고해달라'며 격려라도 받는 동안, 집과 아이를 돌봐야 할 나는 어디에 하소연할 수 있을까? 슬픔마저 주위를 살피고 방법을 고려하며 드러내야 하는 자리가 아내이자 엄마인가 싶어 더 서글펐다.

어느 곳으로 갈 수도 없다면

에이프릴은 왜 파리행을 꿈꿨을까? 나는 왜 에이프릴이 할리우드나 맨해튼에 가야 했다고 생각했을까? 다시 생각해보니 그 어느 곳도 아니다. 에이프릴도 나도 과거로 갈 수 없고, 배우자의 과거는 물론 현재도 내 것이 아니다. 남들 보기 부끄럽지 않은 집 한 채에 아이하고 복닥거리며 사는 삶이 온전한 내 선택은 아니었다. 그렇다고 이제 와 돌아갈 수도, 순순히 물러앉을 수도 없다.

어느 날 아이하고 낱말 카드를 보다가 그림책이나 아동용품에 유독 펭귄이 자주 등장한다는 사실을 발견했다. 왜 하필 날개가 퇴화한 펭귄일까? 새는 날아다니는 생활에 적응하기 위해 앞다리를 날개로 변형했는데, 펭귄은 헤엄이 비행보다 중요해서 날개를 지느러미처럼 사용하게 됐다. 하늘을 나는 능력을 포기한 대신 자유자재로 수영할 수 있게 된 셈이다.

날고 싶었다. 알바트로스처럼 가장 높고 가장 멀리 날지는 못하더라도, 날개가 있다면 날아야 한다고 믿었다. 전신주 사이를 날든, 고작 장 속의 횃대에 내려앉든 상관없었다.

하고 싶은 일을 할 수 없어 괴롭지는 않다. 못다 이룬 꿈 때문에 안달이 나지도 않는다. 날개가 있다면 으레 날개를 펴고 날아야 한다고 배웠다. 그리고 나에게는 날개가 있었다.

지금은 그저 잊지 않으려 한다. 내게 날개가 있다는 사실을. 이 날개가 어떤 쓸모가 있을지는 아직 모르겠다. 앞으로 영영 쓸모없을지도 모른다. 그렇지만 언제 어떤 모습이든 내 날개도 나름대로 형태와 기능을 갖출 수 있도록 존재만은 기억해주고 싶다. 그래야만 나는 여전히 새일 수 있을 테니까.

은희가 숙자를 원망하지 않은 이유

▶ 〈벌새〉(2019)

민보영

딸이 더 좋은 세상에서 자라기를 바라는 엄마이자, 엄마가 된 뒤에야 친정 엄마를 이해하기 시작한 딸이다.

〈벌새〉를 보면서 든 가장 큰 의문은 은희(박지후)가 엄마인 숙자(이승연)를 원망하지 않는다는 점이었다. 1994년 강남구 대치동에 사는 열다섯 살 은희는 주변 사람들에게 사랑받고 싶지만 어디에서도 관심을 받지 못한다. 문구점에서 물건을 훔치다가 친한 친구하고도 멀어지고, 자기를 사랑스럽게 바라보던 남자 친구도 느닷없이 바람을 피운다. 이런 사이에 은희는 혹 수술, 선생님을 떠나보내는 이별, 성수대교 붕괴 등 인생에서 잊지 못할 순간을 연이어 맞는다.

부모님은 은희를 세심하게 살필 만큼 삶이 여유롭지 못하다. 정서적으로 가장 가까울 만한 숙자는 경제 활동과 집안일을 같이하면서 많이 지쳐 있다. 멍하니 넋이 나가 은희가 부르는 소리도 듣지 못한 채 자기 세계에 빠져 있거나, 스타킹에 구멍이 난 줄도 모르고 깊은 잠을 잔다. 은희를 바라보던 내 시선이 숙자를 향한 시점도 이때였다. 숙자는 어린 시절 내가 보던 고단한 어머니 자체였다. 딸의 시각으로 재현된 숙자는 내 과거와 현재를 연결하며 '어머니'라는 위치를 이해할 만한 단서를 던져주고 있었다.

'숙자들'이 짊어진 의무와 '집단적 몽상'

숙자는 가게에서 살갑게 웃으며 떡을 팔고 집에 돌아와서는 음식을 차린다. 자기 대신 대학에 진학한 오빠가 느닷없이 죽고, 배우자의 외도 정황이 드러나고, 자기 딸이 죽을 뻔하는 등 감정이 휘몰아칠 만한 상황에서도 크게 울거나 분노하는 일이 없다. 외삼촌이 없으니 어떠냐고 묻는 딸에게 기분이 이상하다고 건조하게 답할 뿐이다. 대치동은 누군가에게 성공한 삶의 상징일 수 있는데도 그렇다.

숙자하고 내 어머니는 다르다. 어머니는 간호대를 졸업하고 간호사로 일했다. 남자 형제에게 학업 기회를 빼앗기지 않았다. 내가 아주 어릴 때는 할아버지와 분가하지 않은 작은아버지 끼니까지 챙겼다. 그러면서도 딸인 내게 집안일을 부탁하지 않았다. 오히려 오빠와 나를 동등하게 키우려 노력했다. 먹을거리나 교육 기회도 비슷하게 나누려고 늘 신경썼다.

숙자하고 어머니가 가정에서 떠안은 구실은 비슷하다. 내조와 자녀 교육 등 가족 성원의 성공을 뒷받침하는 의무를 짊어진 점에서 그렇다. 숙자의 남편은 학업 성취도도 낮고 밤늦게 귀가하는 은희 언니를 보고 교육을 어떻게 하느냐며 숙자에게 화살을 돌린다. 내 아버지도 늦게 들어오거나 방을 어지르는 나를 두고 교육을 어떻게 해서 저러느냐며 어머니를 다그쳤다. 부부 싸움을 하지 않겠다는 약속을 어머니와 아버지가 지키지 않아서 감행한 반항인데도 말이다.

〈벌새〉는 여성 청소년의 시선으로 개인과 사회의 긴밀한 관계를 섬세한 방식으로 드러냈다. 시나리오와 평론을 묶은 《벌새》에 김원영이 쓴 글을 보면 숙자가 이런 의무를 당연한 듯 여기며 사는 이유를 짐작할 만한 대목이 나온다. 1990년대 중반은 한국 경제가 도약을 앞둔 시기였다. 개인 단위 공동체인 가족은 노력하면 부를 축적하고 신분 상승도 할 수 있다고 믿었다. 한국 사회가 이른바 '집단적 몽상'에 사로잡힌 시기였다. 이 몽상은 성수대교와 삼풍백화점 붕괴, 외환위기로 이어지며 산산조각 났다.

아버지도 입버릇처럼 폼나게 살아보자고 말했다. 1994년쯤 과장에서 차장으로 승진하자 25평 남짓 되는 집은 축하하러 온 회사 직원들로 발 디딜 틈이 없었다. 어머니는 집을 가득 메운 축하객들이 먹을 음식을 내오고 이부자리를 깔았다. 경기도 성남과 안양에 아파트 한 채씩을 산 때도 이 즈음이었다. 회사에서 입지가 높아질수록 아버지가 술에 절어 들어오는 날이 늘어났다. 턱 밑까지 다가온 위기를 깨닫지 못하도록 거품이 일기 시작한 시기라는 사실을 그때는 알지 못했다. 3년 뒤, 외환 위기가 터졌다.

원망의 시선이 향해야 할 곳

막 10대에 들어선 나도 외환 위기 앞뒤로 달라진 집안 공기를 생생하게 느낄 수 있었다. 아버지는 명예퇴직으로 받은 보상금과 퇴직금을 모아 사업에 뛰어들었다. 사업은 오랜 시간에 걸쳐 차츰 망해가는 듯했다. 식사 시간에도 부지런히 울리던 아버지의 휴대 전화는 더는 울리지 않았다. 실패를 인정할 때까지 10년이라는 세월이 필요했다. 아버지는 술에 의지했고, 장기도 하나둘 망가졌다.

어머니는 한탄하면서도 늘 그래도 어쩌겠냐는 말로 마무리했다. 그 말에는 건강을 잃은 아버지하고 함께 무너진 꿈을 아쉬워하는 마음에 더해 이런 상황에서도 가족 구성원을 끌어안아야 한다는 의지가 담겨 있었다. 우리의 '집단적 몽상'은 아버지가 이끌고 어머니가 뒷받침했다. 그 몽상을 실현해야만 자기 존재를 입증할 수 있다고 여겨지는 시절이었다. 몽상은 신기루였고, 어머니가 한 노력은 보상받지 못했다.

나도 어머니 같은 '커리어 우먼'이 되고 싶었다. 말쑥한 차림으로 출퇴근하면서 집안일까지 도맡아 하는 모습이 멋있어 보였다. 원망도 했다. 학교에서 안 좋은 일을 겪고 온 날 집이 텅 비어 있으면 외로웠다. 부모님이 싸우지 않겠다는 약속을 어기고 또다시 싸울 때마다 대화를 끊고 방을 어질렀다. 이런 행동은 결혼해서 분가하기 전까지 이어졌다. 해묵은 감정의 고리를 끊지 않은 채 한 아이의 엄마가 됐다.

어머니가 하는 보상 없는 노력은 현재 진행형이다. 퇴직한 뒤 요양보호사로 병원에서 일하는 어머니는 퇴근한 뒤 집에서 '대가 없이' 아버지를 돌본다.

"너희 아버지가 술 드시고 들어와서 사고 칠까 봐 가슴이 콩닥거리던 때를 생각하면, 지금은 그럴 일이 없어 낫지 싶어."

얼마 전 아버지를 돌보는 심정을 묻자 어머니는 대답했다. 이런 노후를 예상한 적 있느냐고 물어보려다 입을 닫았다.

앞뒤 사정 모르고 어머니를 원망한, 치기 어린 시절의 감정을 다독이려 한다. 어머니는 나를 사랑하지 않는 건 아니었다. 사랑하는 사람에게 시간이나 에너지를 내어줄 만한 여유가 없을 뿐이었다. 보상 없는 노력은 그 열매를 자신이 맛보지 못하게 만들고, 그 결과 개인은 소진된다. 김보라 감독은 모녀 사이의 애증을 일부러 다루지 않았다. 은희가 겪은 좌절을 숙자 탓으로 돌리지 않은 이유도 여기에 있지 싶었다.

벌새가 하는 날갯짓

숙자는 직접 만든 감자전을 '첩첩' 소리를 내며 맛있게 먹는 은희를 사랑스럽게 바라본다. 은희는 미처 그 시선을 알아채지 못한다. 깨닫지 못하는 숱한 순간에도 숙자는 딸을 그렇게 바라보고 있었다고, 나는 뒤늦게 확신했다. 한때 은희이던 우리가 받은 시선이자, 이제는 숙자의 삶을 살거나 살 예정인 우리가 건넬 바로 그 시선이었다.

어머니는 얼마 전에도 약속 시간을 헷갈려서 나를 허탈하게 했다. 그렇지만 이제 예전 같은 원망이 들지는 않는다. 자기를 챙기는 데 더해 아버지 돌봄, 직장 생활, 종교 생활까지 한꺼번에 하다 보면 아무래도 과부하가 걸리기 쉬울 테니 말이다. 요즘은 오히려 상황이 바뀌어 세 살배기 딸이 나를 원망하는 상황이 생기고 있다. 나는 버스 타고 놀러 가자는 요구에 부응할 에너지가 대체로 없기 때문이다.

출산 뒤 복직한 나는 퇴근하고 집에 가면 또다시 육아와 가사를 해야 하는 '투잡러'로 살고 있다. 그렇지만 내 피곤함을 변명하느라 아이에게 '너도 엄마가 되면 알게 돼'라는 말을 하고 싶지는 않다. '네가 크면 지금보다는 엄마로 살아가기 좋은 환경일 거야'라고 말할 수 있게, 그런 변화에 작은 힘이라도 보태고 싶다.

영화가 끝난 뒤에도 여운이 가시지 않아 한동안 옛날을 회상했다. 그러다 어머니가 숙자 정도 나이일 때 내게 보낸 편지가 떠올랐다. 그 편지를 곱씹으면서 이 글을 마치려 한다.

나와 내 주변, 그리고 시대를 둘러싼 이해가 깊어질 때 비로소 해묵은 감정하고 화해할 수 있게 된다. 이 사실을 깨닫게 해준 〈벌새〉가 고맙다. 몸집이 가장 작은 벌새는 꿀을 찾아 먼 곳까지 날아간다. 스스로 행복을 찾으려 하는 벌새의 날갯짓이 나뿐만 아니라 다른 사람에게도 온기를 전하기를 바란다.

보영아, 안녕. 고등학생이 된 것을 축하한다. 최선을 다해 공부할 수 있도록 엄마가 열심히 도울게. 아버지가 요즘 실패한 사업 때문에 술을 많이 드시는데, 그래도 어쩌겠니. 요즘 신경 못 써줘서 미안해. 여자는 항상 불리하니까 몸을 소중하게 잘 간직해야 한다. …… 학교 끝나고 바로 학원 가서 다시 공부하는 일상이 버겁지? 엄마는 오랜만에 집에 혼자 있어. 너도 항상 바쁜 것 같고……. 요즘 경제 공부에 사진 공부에 나도 바쁜데 이렇게 집에 혼자 있을 때면 덩그러니 남겨진 기분이 들어.

　이제 조금 있으면 네가 돌아올 시간이네. 네가 좋아하는 탕수육 만들어주려고 재료 사다 놨어. 맛있게 먹고, 주말에는 아버지랑 오빠랑 다 같이 산에 가자. 이만 줄일게.

어디 사느냐고 묻는 사람들에게

▶ 〈소공녀〉(2018)

홍하언니

책 읽는 자영업자, 소설 쓰는 홍리치가 꿈이다.

그날 밤에 새긴 기억

20대 중반, 나는 하던 일을 그만두고 백수 생활을 하고 있었다. 신분을 감춘 채 도서관에서 열리는 직장인 독서 모임에 꽤 성실히 나갔다. 그때 읽은 책도, 만난 사람도 물에 젖은 수채화처럼 세월 속으로 사라졌는데, 모임지기가 살던 아파트 이름만큼은 지금까지 기억에 또렷이 남아 있다. '반포자이.'

송년회도 할 겸 그달의 독서 모임은 모임지기가 개업한 카페에서 열었다. 직장에 다니면서 투잡으로 자기가 사는 아파트 상가에 차린 가게였다. 난생처음 들어가 본 강남 신축 아파트는 내가 사는 동네하고는 차원이 다른 신세계였다. 끝없이 펼쳐진 아파트 사이로 잘 관리된 나무와 세련된 조형물, 겨울인데도 물이 흐르는 분수대를 지나자 마치 성지에 온 듯한 기분이 들었다.

그때 나는 광진구 재개발 지역에 있는 다세대 주택 1층에 세 들어 살고 있었다. 동네 어귀에는 배 터진 쓰레기봉투들이 노상 뒹굴었고, 밤마다 술 취한 행인이 내뱉는 고함과 여자들 울음소리가 들렸다. 그래도 창문 하나는 커서 좋다고 생각했는데, 환기를 하다가 코앞에서 방안을 빤히 들여다보는 남자하고 눈이 마주친 뒤로 단 한 번도 창문을 활짝 연 적이 없었다.

유명한 지도 교수 밑에서 문학을 공부하면 쉽게 작가가 될 수 있다고 생각했다. 친구들이 취직, 자격증, 교직 이수를 준비할 때 나는 체호프를 읽고 하루키를 탐독했다. 선생이 교수를 그만두고 서울에서 기획사를 차린다고 할 때도 나는 미련 없이 학업을 때려치우고 선생을 따랐다.

서울에 올라와 여러 감독과 프로듀서들이 시키는 잔심부름을 해가며 써본 적도 없는 시나리오를 쓰겠다고 끙끙거렸다. 아이디어와 감각은 좋지만 영화적 서사와 필력이 부족하다는 이야기, 나보다 잘 쓰는 작가들도 차비만 받고 온다는 이야기를 수도 없이 들었다. 나중에는 지도 교수조차 내게 말 한마디 걸지 않고 면전에서 한숨을 쉬는 바람에 더는 버티지 못하고 기획사를 나왔다. 지도 교수는 마지막 월급을 주는 의무도 잊은 채 짧은 인사만 남겼다.

"잘 가."

완성하지 못한 글들에 쏟아부은 시간은 결국 아무것도 하지 않은 시간이 됐다. '여기까지 와서 아무것도 하지 않은 나는 결국 쓸모없는 인간인가?' 수없이 되묻는 동안 방안 곳곳에서 곰팡이가 피어올랐다. 박완서, 폴 오스터, 아니 에르노의 매혹적인 책으로도 가려지지 않는 까맣게 멍든 집이 나를 좀먹고 있었다.

반포자이에 다녀온 그날 밤, 컴퓨터 속 시나리오 폴더를 지웠다. 그때부터 나는 국회도서관에 틀어박혀 부동산과 재테크 책들을 닥치는 대로 읽기 시작했고, 저녁에는 학원 강사로 일하며 생활비를 벌었다. 취향이나 적성에 상관없이 오라는 곳이면 어디든 가서 시키는 일을 했다. 새벽에는 영어 학원에 가고, 주말에는 자기 계발 특강을 찾아다녔다. 지하철 환승역에서 사람들하고 함께 우르르 출구를 빠져나올 때 비로소 내 몫의 삶을 살아가는 기분이 들었다.

세상에 공짜가 어딨어

미소(이솜)는 가사도우미로 일하며 하루 벌어 하루 먹고 사는 비정규직 노동자다. 한겨울에도 보일러 대신 이불 한 채 깔고 살면서 담배와 위스키 살 돈은 꼬박꼬박 따로 챙겨둔다. 단돈 만 원도 여유가 없지만, 남자 친구(안재홍)하고 필 담배와 저녁에 마실 위스키 한 잔만 있으면 세상 부러울 것이 없다.

그러던 어느 날 집주인이 방세를 올린다. 엎친 데 덮친다고 담배와 위스키마저 값이 오르자 미소는 고심 끝에 방값을 빼서 그 돈으로 담배를 피우고 위스키를 마시기로 한다. 자기가 머문 자리를 깨끗하게 청소한 뒤 캐리어 하나를 끌고 하룻밤 묵을 곳을 빌리기 위해 대학 시절 밴드 멤버들을 찾아간다.

가장 먼저 찾아간 미혼 친구 문영은 점심시간에 링거를 맞으면서 일할 정도로 회사 일에 파묻혀 있다. 단 하루도 다른 사람하고 함께 자지 못할 정도로 예민한 문영을 보고 미소는 발길을 돌린다. 다음으로 찾아간 현정은 시부모 집에 얹혀산다. 고시생 남편과 손하나 까딱하지 않는 시부모 수발에 지친 현정 곁에도 미소는 머물수 없다. 그나마 이혼한 후배 한대용이 쓰레기가 가득한 집에서 미소를 반기지만, 남자 친구가 그 집을 반대한다. 넷째로 찾아간 선배 김록은 노부모하고 함께 산다. 어쩐지 미소에게 밥과 담배를 주며 지나치게 챙겨주더니 대뜸 결혼하자는 말을 내뱉는다.

마지막으로 찾아간 정미는 밴드 멤버 중 가장 풍족하게 산다. 담장 높은 고급 주택에서 사모님 소리를 들으며 지내지만, 어린 아이를 키우는 모습이 녹록지 않아 보인다. 그런데도 정미는 미소에게 흔쾌히 방을 내준다. 대학 시절 미소에게 신세 진 마음을 고맙게 간직한 덕이다. 정미 집에 머무르는 동안 미소는 돈을 모아 원하는 담배도 자유롭게 피우고 남자 친구를 만나 데이트도 하면서 어느 때보다 안정된 생활을 한다.

어느 날 미소는 정미 부부하고 함께 저녁을 먹는다. 쾌활하던 정미는 남편 옆에서는 말 한마디 먼저 하지 않고 조용히 식사 시중만 든다. 친정집까지 마련해준 남편 덕에 자기는 물론 모든 가족이 살기 편해졌다고 말하며 정미는 남편이 먹을 음식을 자르고 물을 따른다. 미소는 부부 사이의 역학 관계를 전혀 눈치채지 못한다. 오히려 남편이 아내의 과거를 묻자 천진한 얼굴로 '뜨거웠다'고 말하면서 함께 담배를 피우겠다고 일어서는 바람에 정미를 난처하게 만든다.

레스토랑에서 돌아온 정미는 미소에게 집 구할 돈도 없으면서 담배와 위스키를 좋아하는 꼴이 한심하다고 노골적으로 비난을 퍼붓는다. 지난날 미소에게 돈을 빌릴 정도로 사정이 좋지 않던 정미는 가난의 공포와 돈의 힘을 이미 경험했다. 담배와 위스키가 미소를 지키는 취향이라면, 충실한 아내 노릇은 정미만의 생존 방식이다. 미소가 한 언행에 악의는 없었지만, 결과적으로 정미가 꼭꼭 숨겨놓은 두려움을 건드리고 말았다. 말 한마디에 흔들리는 허약한 삶이지만 정미에게는 전부이기에 두려운 만큼 독하게 말했다.

미소가 떠난 뒤 정미는 위스키를 마시며 운다. 잃을 게 없어 허물조차 없던 지난 시절이 미소가 남긴 사진 한 장에 담겨 있다. 뜨거운 젊음은 사진 속에 박제됐지만, 정미는 이미 멀리 왔다. 계속 뜨거울 수는 없으니까, 그러다가 마음이 다 타버려 자기 존재마저 사라질까 두려운 마음을 이해해달라고, 나는 정미를 대신해 미소에게 말하고 싶었다.

198만 3000원을 갚으려면

요즘 반포자이 카페에서 열린 독서 모임을 종종 생각한다. 그때 모인 사람들이 책 이야기는 제쳐두고 부러움 가득한 찬가를 부르자 모임지기는 골똘한 표정으로 무겁게 입을 뗐다. 자기가 혼자라면 고향 경주로 내려가 한 달에 150만 원만 벌어도 유지되는 삶, 적게 쓰고 많이 읽는 인생을 살고 싶다 했다. 그러면 불안의 낮도 불면의 밤도 겪지 않을 테고, 어쩌면 그 삶이 더 좋은 삶일지도 모른다는, 예상하지 못한 말을 했다. 모임지기는 아들 둘과 셋째를 임신한 아내가 있었다. 혼자 살면서 150만 원도 못 벌던 나는 그 말이 매우 기만적이라고 생각했지만, 한편으로는 몹시 의외인 이야기라 가슴속 깊이 묻었다.

10년이 훌쩍 지난 지금, 변태를 거듭하며 악착같이 버틴 공로로 나는 매달 198만 3000원의 주택 담보 대출을 갚고 있다. 보일러 배관에서 공기를 빼야 하고 머리맡에서 윙윙거리는 냉장고 소리가 들리는 방만 벗어나면 끝날 줄 알았는데, 결혼 뒤 집은 새로운 욕망과 속박을 만들어내는 굴레가 됐다.

세 살 터울에 성별 다른 두 아이는 각자 다른 때에 유아차를 밀어주고 킥보드를 끌어주며 밥상에서 책상으로 옮겨가며 돌보고 가르쳐야 했다. 축구 유니폼 빨고, 발레 학원 알아보고, 역할 놀이 하면서도 끊임없이 먹이고 치우는 일은 대부분 집사람인 내 몫이었다. 좁은 집에서 아이들이 커갈수록 노동 강도는 더해졌다. 이사를 할 때마다 살림을 갈아엎고 아이들 돌봄 기관, 친구, 주변 놀이 시설 등을 알아볼 때마다 스트레스가 치솟았다. 여기저기 짐 쑤셔서 넣지 않고 방문 닫고서 쉴 수 있는, 놀이터와 학교가 가까운, 결정적으로 이사 가지 않아도 되는 집이 필요했다.

거기에다 남들하고 같은 욕망을 보태느라 동호수만 다른 똑같은 아파트를 10년째 맴돌았다. 어디 사느냐고 묻는 사람들에게 매달 198만 3000원을 내고 얻은 '이름값'을 명함처럼 내밀기 위해 수십 년 세월을 담보 잡혔다. 빚으로 얻은 이 집에서 나는 청

결과 안락으로 생산성을 증명하고 아파트 이름으로 능력을 검증받아야 한다.

내가 탄 욕망의 기차는 서글픈 자취방과 반포자이 사이 어디쯤을 지나고 있을까. 한강변을 달리는 차 창밖으로 미소의 작은 텐트가 환하게 빛난다. 미소에게 집이 어디냐는 물음은 더는 무의미하다.

"난 갈 데가 없는 게 아니라 여행 중인 거야."

나는 정거장을 지나쳐 왔지만, 미소만은 오늘도 무사히 담배를 피우고 한잔 위스키를 마실 수 있기를 기도한다.

독박 돌봄은 사양합니다

▶ 〈욕창〉(2020)

유유

어느 날 문득 엄마의 '엄마' 구실을 40년 넘게 한 사실을 깨닫고 '현타'가 왔다. 나처럼 살아온 친구들하고 함께 읽고 쓰고 말하면서 천천히 그 삶에서 빠져나오는 중이다.

나만 돌봐줘, 평생

70대 퇴직 공무원 강창식(김종구)과 뇌출혈로 몸을 못 쓰는 아내 나길순(전국향), 불법 체류자 재중 동포 간병인 유수옥(강애심), 늙고 병든 부모를 돌보느라 동분서주하는 딸 지수(김도영)는 욕창을 둘러싸고 뒤얽힌다. 창식은 뇌출혈로 쓰러진 아내를 간병하는 일은 물론이고 식사 준비를 비롯한 크고 작은 집안일을 오롯이 간병인 수옥에게 떠맡긴다. 하루 종일 흔들의자에 앉아 신문을 읽거나 텔레비전을 보면서 스테퍼로 걷기 운동을 할 뿐이다.

간병과 가사노동 사이를 종종거리며 수옥이 차린 밥상 앞에서 창식은 불평한다.

"별 차린 것도 없구만 왜 이리 늦어?"

수옥이 길순을 휠체어에 태우고 나와 식탁에 앉히고 턱받이를 해주고 어렵게 밥을 떠먹이는 동안에도 '건강에 그렇게 좋다는 병아리콩' 넣은 밥을 먹성 좋게 먹어 치운다. 몸이 불편한 아내가 식사는 제대로 하는지, 아내 시중을 드는 수옥이 밥을 먹는지는 관심이 없다.

아내 길순이 뇌출혈로 쓰러지기 직전까지 창식은 살뜰한 돌봄 노동을 받으며 편안한 일상을 누렸다. 자기 손으로 밥 한 끼도 챙겨 먹은 적 없는 사람이 틀림없다. 어느 날 길순에게 욕창이 생기자 창식은 딸 지수에게 득달같이 전화를 건다.

"엄마 좀 들여다봐라."

불법 체류자 신분을 벗어나려는 수옥이 위장 결혼을 하려고 간병 일을 그만두려 하자, 창식은 수옥에게 결혼을 제안한다. 길순하고 이혼한 뒤 수옥하고 결혼하겠다며 자식들 앞에서 뻔뻔스럽게 목소리를 높인다.

"네 엄마를 위한 선택이다! 나는 엄마를 끝까지 책임질 거다!"

비로소 어른이 된 아버지

올해 여든 살이 된 친정어머니는 60대 중반에 무릎 인공 관절 수술을 했다. 회복과 재활 훈련 기간까지 포함해서 최소 한두 달은 입원해야 했다. 그때 어머니나 우리 형제들이 어머니보다 더 걱정한 문제는 혼자 생활하게 될 아버지였다.

한동안은 나와 여동생이 번갈아 국과 반찬을 날랐다. 직장 생활과 아이들 양육으로 몸도 마음도 바쁜 때라 며칠에 한 번씩 끼니를 챙기는 일은 생각보다 힘들었다. 친정아버지도 안팎으로 피곤한 딸들에게 미안한 마음과 누가 자주 집에 들락거리는 상황을 불편해하는 마음이 동시에 들었다.

얼마 뒤 아버지는 냉동실을 잔뜩 채우고 있는 국과 밑반찬을 어머니가 퇴원할 때까지 다 못 먹는다면서 끼니 시중을 중단시켰다. 이즈음 아버지는 정확하게 1인분의 밥을 전기밥솥에 조리할 줄 알게 됐고, 아파트 단지 알뜰장에서 육개장 한 그릇을 사기 시작했다. 어느 날은 라면이 땡긴다며 컵라면에 뜨거운 물을 부어

한 끼를 때울 줄도 아는 '어른'이 됐다.

아버지는 어머니가 자리를 비운 동안 다른 이들 도움을 받기보다는 스스로 끼니를 해결할 줄 아는 성인으로 생활하는 경험을 했다. 이제 어머니는 가끔 우리 집에 와도 아버지 밥 때문에 서둘러 일어나지 않고 옛날 통닭과 맥주 한 잔으로 아이들하고 저녁을 해결한 뒤 여유 있게 귀가한다. 친구들끼리 3박 4일 여행도 훌쩍 다녀온다. 아버지는 샤워하고 나서 속옷과 양말을 빤다거나, 어머니가 식사 준비를 하는 동안 청소기를 미는 등 더욱 활발하고 적극적으로 자기 돌봄과 가사 노동을 실천하고 있다.

한국은 남성 치매가 특히 늦게 발견되는 나라라고 한다(추혜인, 〈한국 할아버지와 치매 지표〉, 《경향신문》 2021년 9월 8일). 빨래, 설거지, 음식 같은 집안일을 할 때 실수가 잦아지면 가족들이 치매를 의심하게 되는데, 한국 남성들은 원래부터 집안일을 안 해서 치매를 발견하기가 영 쉽지 않다는 말이다.

건강하게 일상을 유지하려면 밥 짓고 청소하고 빨래하는 기본적 활동은 성별에 관계없이 스스로 할 줄 알아야 한다. 가족(배우자)하고 함께 사는 한국 남자들은 더더욱!

극한 직업, 딸 노릇

창식은 툭하면 딸 지수를 부른다. 아내 길순에게 욕창이 생겨도, 간병인이 일요일에 맞춰 휴가를 내고 집을 비워도 지수를 호출한다.

아들이 둘씩이나 있어도 딸에게만 전화한다. 과일 가게를 하는 큰아들에게도 꺼내지 못하는 딸기 사 오라는 말을 딸에게는 당연하다는 듯 던진다.

간병인 수옥이 창식하고 갈등하면서 집을 나가자 다시 와달라고 굽신거려 문제를 해결하는 사람도, 갑작스럽게 이혼과 결혼을 하겠다고 폭탄선언을 하는 창식을 설득하는 사람도 지수다. 지수는 이 집안에서 일어나는 모든 문제와 갈등을 협상하고 조율하고 해결한다. 아버지와 간병인의 심기 관리와 감정 노동도 지수 몫이다.

아버지에게 차별받고 컸다며 분개하는 큰오빠나 전폭적인 지원만 받고 나 몰라라 미국에 도피 중인 둘째 오빠는 모두 부모를 책임질 생각도 없이 달랑 집 한 칸 남은 재산마저 뺏길까 봐 분노한다. 두 아들에게는 어머니 간병도 아버지 돌봄도 자기 일이 아니다.

한바탕 난리를 치른 뒤 지수는 소꼬리를 사서 엄마에게 온다. 몸과 마음이 너무나 고단한 지수가 침대맡에 앉아 설움에 겨워 운다. 엄마는 깁스를 한 손을 힘들게 움직여 딸의 머리를 쓰다듬으며 위로한다. 여성에게만 강요되는 무한 돌봄 노동이 사람을 얼마나 지치게 하는지 잘 아는 길순은 딸 또한 그런 운명에서 벗어나지 못하고 대물림해 살아가는 현실에 가슴이 미어진다. 따뜻한 위로로 서로 품을 내주는 사람은 엄마와 딸뿐이다.

우리 안의 욕창을 발견할 때

늙고 병든 부모를 돌보느라 지치고 고단한 모습으로 동분서주하는 딸 지수의 아픔과 외로움을 보면서 많이 힘들었다. 나 또한 부모님 말씀 잘 듣고 공부 잘하고 나이 차이도 얼마 나지 않는 동생들을 챙기는 맏딸로 살았다. 50대가 된 지금도 늘 부모의 심기와 안녕을 세심하게 살피면서, 전화 통화는 기본이고 나들이, 쇼핑, 외식, 여행까지 함께하는 가까운 가족이자 생활 공동체로 살고 있다.

언제부터 우리 사회에 '신모계 사회'라는 말이 등장했다. 의무-관습 중심의 시가 쪽 인간관계보다 정서-생활 공동체 중심의 친정 쪽 인간관계가 더욱 친밀한 현상을 말한다. 여성이 결혼 뒤에도 시가보다 친정에 더 의지하는 현실이 반영된 흐름이다. 무슨 새로운 변화나 되는 양 호들갑을 떨지만, 남성 혈연 중심 가부장제가 영악하게 포장만 바꾼 가짜 신상품에 지나지 않는다. 권력과 위계가 여성 중심으로 넘어가는 대신 여성이 양육의 주 책임자라는 전제 아래 또 다른 여성인 친정어머니를 양육 대행자로 당연시하는 현실에서 비롯된 현상이기 때문이다.

'케이K-장녀'라는 말도 마찬가지다. 노인 돌봄 또는 가족 내 간병이 필요한 상황이 생기면 가장 먼저 호출되는 대상이 바로 딸(장녀), 그중에서도 미혼(싱글)인 딸이라 한다. 딸린 가족이 없다는 이유로 간병이나 돌봄 노동을 강요받으면, 미혼(싱글) 딸은 직업 활동을 포기할 수밖에 없고 사회 활동도 위축된다. 특히 딸에게만 일방적인 공감과 이해를 요구하고 기대하는 태도는 감정적 착취로 이어질 수 있다.

'딸 바보 아빠'를 만들 만큼 부모에게 정서적 충만감을 주는 예쁜 딸 노릇을 한들, 성인이 돼 결혼한 뒤에도 친정 부모 형제들하고 지리적, 심리적, 정서적으로 가깝게 지내며 온갖 집사 구실을 한들, 늙고 병든 부모 간병과 봉양에 어느새 함께 늙어가는 중늙은이 아픈 몸을 갈아 넣은들, 결정적 순간에 집안을 대표하는 문서나 권력, 돈을 모두 남자(또는 아들이나 손자)에게 갖다 바치는 현실은 여전히 굳건하다.

사골을 태운 연기가 집 안 가득 들어차 있는데 뒤늦게 잠에서 깨어난 창식이 조그만 방석을 집어 휘두른다. 영화 제목인 '욕창'은 몸을 움직이지 않고 오래도록 고정된 상태로 있으면 살이 썩는 병을 말한다. 오랫동안 기울어져 있던 돌봄 노동은 가족에게 깊은 상처를 남긴다. 살이 썩는 줄도 모른 채 일방적인 돌봄에 기대고 있었다면, 뿌연 연기가 집 안에 가득차는 줄도 모르고 잠을 자고 있었다면, 이제는 달라져야 한다.

짙은 연기를 힘껏 밀어내고 시야를 확보하자. 그래야 숨을 제대로 쉬고 서로 제대로 볼 수 있다. 그래야 우리 안의 '욕창'을 발견하고 치료할 수 있다. 고정된 자세와 위치를 바꿀 때 그동안 짓눌려 곪은 상처가 드러난다.

변화는 이미 시작됐다. 이제 케이-장녀들도 말하기 시작한다.

말뿐인, 허울뿐인 칭찬 말고 돈과 권한을 달라고! 독박 돌봄은 사양하고 함께 나눠 돌보고, 서로 돌보고, 스스로 돌보자고.

너에 관해 생각하는 것이 나의 사랑

▶ 〈케빈에 대하여(We Need to Talk About Kevin)〉(2012)

은주

엄마 8년차, 영화를 통해 내 삶을 들여다보고 힘겹게 글을 쓰며 살아갈 힘을 구한다.
아이를 생각할 때마다 등이 찌르르 한다.

아침은 바쁘다. 10분만 더 자고 싶어 게으름을 부리다 허겁지겁 아침밥을 준비한다. 어제 먹다 남은 국을 끓이고, 냉동 밥을 꺼내 전자레인지에 돌린다. 소시지를 몇 개 볶아서 아이를 부른다. 서둘러 밥을 먹지 않으면 학교에 늦는다며 재촉한다. 아이를 배웅한 뒤 집을 치우고 출근하는 길, 줄곧 오늘 아침에 관해 생각한다. 10분 더 자려다가 아침 준비를 늦게 하다니, 냉동 밥을 주다니, 전자레인지에 데우면 건강에 안 좋다는데, 소시지는 국내산인가, 가공육은 몸에 안 좋은데, 김치는 손도 대지 않고 남기던데, 서둘러야 한다는 말을 너무 많이 한 건가. 모든 순간이 떠오른다.

사무실에 들어서면서도 생각은 멈추지 않는다. 바람이 좀 찬데 아이 옷이 얇지는 않을까, 어제 리코더 부는 모습을 보여주고 싶다던데 퇴근이 늦어져 결국 듣지 못했네, 잠잘 때 살짝 흐느끼는 듯하던데 학교에서 뭔가 마음 쓰인 일이 있었을까. 아침에 일어나면 물어야지 했는데, 밥 먹으라는 말, 서두르라는 말만 잔뜩 하느라 정작 묻지 못했다.

아, 반성의 주먹질이 가슴을 친다.

죄책감하고 함께 엄마가 됐다

임신 사실을 알고 바로 그날부터 좋아하는 커피를 끊었다. 태아에게 안 좋을까 봐 한 행동이 아니라 그냥 너무나 자연스럽게 마시지 않았다. 그런 나를 보고 남편은 자주 '모성의 위대함'이라고 말했다.

좋은 엄마가 되고 싶다는 생각을 하지는 않았다. 특별한 고민 없이 당연하게 그래야 한다고 생각했다. 다른 사람들처럼 임산부 요가 수업에 등록했지만 처음 몇 번만 갔다. 임신이 체질 같다고 농담처럼 말하면서 만삭 때까지 출장을 다녔다. 나는 계속 잘 먹었고, 아이도 잘 자랐다.

출산은 힘들었다. 아이가 평균보다 많이 컸고, 나는 체력이 좋지 못했다. 이틀 꼬박 진통했고, 결국 힘들어한 아기는 태변을 먹었다. 자연주의 출산을 할지 수술할지 결정해야 했다.

진통이 힘들지는 않았다. 그렇지만 아이 상태가 좋지 않다고 했다. 주저할 이유가 없었다. 응급 제왕 절개 수술을 했다. 엄마로서 내가 처음 한 선택이었다. 아이는 수술을 거쳐 무사히 세상에 나왔다. 나는 마취 후유증으로 심한 오한이 와서 온몸을 덜덜 떨었다. 안지도 못하고 누워서 바라만 본 아기는 희미한 초콜릿 향이 났다.

아기는 태변을 먹은 탓에 호흡이 살짝 불안정했고, 혹시 몰라 가까운 대형 병원 신생아 중환자실에 입원했다. 나를 보는 남편 눈에는 원망이 가득했다. 임신 때 체력 관리를 하지 않아서 생긴 일이라고 말했다. 조산사가 와서 손을 잡아주며 괜찮다고 했지만, 나도 내 탓이라고 생각했다.

그날 밤 병실에 혼자 누워 같이 진통한 옆방 산모가 남편하고 함께 갓 태어난 아이를 어르고 달래는 소리를 들었다. 나는 유축기를 달고 뜬 눈으로 누워 임신 기간 9개월을 되새겼다. 임산부 요가를 안 빠지고 갔다면, 음식 조절을 더 엄격히 했다면, 출산 즈음 컨디션 조절을 잘했다면 하면서 지난 270여 일을 일일이 되새기고 후회했다.

아이는 일주일에 걸친 입원 생활을 마치고 이상 소견 없이 퇴원했다. 그렇지만 아이가 태어나던 그날 밤을 단 한 번도 잊은 적이 없다. 아이가 자라는 동안 그 순간은 죄책감으로 바뀌어 숱하게 나를 찾아왔다. 육아하면서 어려움에 부딪칠 때마다 나도 모르게 초유를 먹이지 못해서, 건강하게 낳아주지 못해서, 엄마 없이 인큐베이터에 있어서 그럴지도 모른다고 생각했다.

원인 모를 습진이 온몸에 생겨 모유 수유를 중단한 뒤에는 아이가 편식할 때마다 내가 모유 수유를 제대로 하지 못한 탓이라며 자책했다. 시간이 지나면 마음의 짐이 좀 덜어질까 싶었지만, 오히려 죄책감에 시달릴 일들은 계속 생겨났다. 나도 나를 구석에 내몰고 내 잘못을 샅샅이 찾아내려 했다. 아이하고 함께하는 시간이 참 좋고 아이를 정말 사랑했지만, 아이가 자라는 동안 아이에 관해 생각하면서 보낸 숱한 자책의 시간은 이루 말할 수 없이 외로웠다.

에바의 사랑

에바, 케빈의 엄마에 관해 생각했다. 아빠와 동생을, 그리고 학교에서 사람들을 무차별하게 죽인 행위는 변명할 여지가 없는 범죄였다. 피해자 엄마들은 길에서 마주치면 에바의 얼굴을 향해 주먹을 날리고, 에바가 마트에서 산 달걀을 몰래 다 깨트렸다. 그런 짓밖에 할 수 없는 처지가 억울할 듯하다.

아들 케빈에 관해 생각하는 엄마 에바의 마음을 생각했다. 에바는 케빈이 왜 그랬는지, 어째서 상황이 이렇게 됐는지 알 수 없다. 쉽지 않은 임신과 육아라고 생각은 했지만, 전혀 예상하지 못한 비극과 송두리째 바뀌어버린 모든 것이 얼마나 당혹스럽고 무서웠을까.

에바는 케빈을 생각한다. 사람들이 집에 퍼붓는 페인트를 계속 닦아내면서도 생각한다. 남편을 처음 만난 순간과 아이가 생긴 그날 밤을 생각한다. 임신 기간 동안 적응하지 못해서 혼란에 빠진 자기를, 출산 뒤 막막한 표정이던 자기를, 아이 우는 소리가 버거워 공사장으로 가 울음소리를 지우던 자기를, 아이 팔을 비틀어 다치게 한 날을, 내 일을 해보고 싶어서 아이하고 다툰 날을 떠올린다.

자기를 향해 욕설을 퍼붓는 사람들의 시선을 감당하면서도 생각한다. 남편이 좀더 내 마음을 잘 알아줬다면, 남편이 케빈에게 화살을 사주지 않았다면 하고 말이다. 케빈에게 다가가려 노력한 자기를 떠올리기도 하고, 사건이 벌어진 날 케빈이 한 말과 행동에 의문을 가지지 않은 자기를 자책하는지도 모른다.

그렇게 에바는 케빈에 관련된 모든 순간을 생각한다. 홀로 남은 집 어두운 방에서 토스트 속 달걀 껍질을 씹듯 과거를 씹고 죄책감을 마주한다. 피하거나 도망가지 않고 정면으로 맞닥트리고 현재를 꿋꿋하게 살아가며 케빈의 옆을 지킨다.

에바는 케빈을 면회하러 가기 전 집을 정리한다. 케빈이 입던 티셔츠를 다리고, 옷을 개어 서랍에 넣고, 2년 동안 쓰지 않은 침구를 가지런하게 정리하고 방을 나서는 에바를 지켜보다가 눈물이 왈칵했다. 머리가 띵 울렸다. 에바는 케빈이 집에 없어도 날마다 케빈을 생각하고 있었다. 에바는 케빈의 엄마였다.

집을 나선 에바는 교도소로 향하고, 얼마 뒤 에바와 케빈은 얼굴을 마주본다. 에바는 왜 그랬냐고 묻는다. 케빈은 그때는 안다고 생각했지만 지금은 잘 모르겠다고 대답한다. 아무도 모른다. 왜 그랬는지, 무엇 때문인지. 그러니 우리도 케빈이 그런 짓을 한 이유를 섣불리 말할 일이 아니다.

케빈은 감옥에서 자기가 저지른 비극에 책임을 질 테고, 에바는 내내 그러하듯 케빈을 임신한 순간부터 지금까지 모든 순간을 매일 곱씹으며 답을 찾을 테다. 케빈에 관해 생각하고, 알려고 노력하고, 이야기를 나누려 할 테다. 그런 일들이 케빈에 관해 에바가 할 수 있는 최고의 사랑일지도 모르겠다.

나의 사랑

한 아이의 엄마로 살아가기란 참 어려운 일이다. 분명 좋은 시간이 가득한데도 이따금 여러 자책감이 찾아온다. 생계를 부양해야 하기 때문에 전업으로 아이를 돌보지 않았고, 집을 잘 정리하지 못했으며, 맛있고 건강한 집밥을 꼬박꼬박 차리지도 못했다. 심지어 코로나19 상황에서도 '긴급 돌봄'이라는 이름을 빌려 아이를 2년 동안 어린이집에 보냈다.

워킹 맘이어서, 음식을 잘하지 못해서, 부유하지 못해서, 아는 게 별로 없어서, 아파서, 조금 더 상냥하지 못해서 문제라는 자책을, 불쑥불쑥 나를 찾아오는 감정을 마주한다.

이제 여덟 살이 된 아이는 이갈이가 한창이다. 내 몸 안에서 자라 태어난 아이는 내가 준 것들을 버리고 자기 것을 만들어내는 중이다. 태어난 지 15일 만에 배꼽에서 떨어진 탯줄처럼 아이가 자라면서 아이와 나를 잇는 연결 고리는 하나씩 떨어져 나가게 된다. 나는 아이의 세계를 전부 알 수 없고, 아이를 둘러싼 상황이 어떻게 바뀔지 예측할 수도 없다.

아이가 어떻게 자랄지 두렵기도 하고, 끊임없이 나를 찾아올 자책이 겁나기도 한다. 그렇지만 에바처럼 나도 내 사랑을 바탕으로 계속 아이의 세계를 두드리고, 노력하고, 함께하고, 감당하리라는 점은 분명하다.

엄마가 된 지 8년 차, 이제 아이에 관해 생각하는 일은 나를 타박하기보다는 아이를 더 많이 사랑하는 방법을 찾는 쪽으로 바뀌어가고 있다. 나는 내 방식대로 아이가 자라는 과정을 돕고 있고 내 사랑으로 아이를 돌보는 중이라 믿기로 한다.

엄마에 관한 세상의 말들이 칼날처럼 공격을 해도 나는 엄마가 되는 과정에 최선을 다하고 있고, 그래서 아직은 완벽하지 않아도 되며, 결코 완벽할 수 없으며, 계속 노력하는 중이라고 말이다. 자책이 밀려올 때마다 내 사랑을 의심하지 않기로 다짐한다.

#3. 주말의 명화

엄마들이여, 사치하자

▶ 〈82년생 김지영〉(2019)

이성경

엄마가 되고 나서 시간 빈곤자가 됐다. 쉼과 즐거움은 사치라고 여기며 바삐 달린 10년을 돌아보면서 그동안 시간 낭비로 알던 일에 진심을 다하기 시작했다.

밥통을 배경으로 쓴 글

내 삶은 '김지영'을 만나기 전과 후로 달라졌다. 5년 전, 두 아이를 돌보느라 나를 돌보지 못하던 34살, 조남주가 쓴 소설 《82년생 김지영》을 만났다. 처음에는 동병상련하는 마음으로 눈물만 났는데, 여러 번 읽을수록 답답했다. 다른 여성으로 빙의해서야 하고 싶은 말을 겨우 하는 모습이 싫었다. 육아 우울증이라는 진단을 받는 열린 결말에 정신이 번쩍 났다.

소설 속 김지영하고는 다르게 살고 싶었다. 유쾌하고 당당하게 내 목소리를 내고 싶었다. 함께 고민하면 길을 찾을 수 있다고 기대하며 '부너미'를 꾸렸다. 곁을 바꾸는 페미니즘을 내건 우리는 가정 내 성평등을 주제로 열심히 읽고 썼다. 《82년생 김지영》은 출간 2년 만에 밀리언셀러가 됐다. 2019년에는 영화로 만들어졌다.

영화 속 김지영(정유미)은 아픈 사람에 머물러 있지 않았다. 처음에는 '맘충 팔자가 상팔자'라는 비아냥에 당황해 급히 자리를 뜨지만, 후반부에 카페에서 '맘충'이니 '민폐'니 하는 말을 들을 때는 단호하게 대응한다. '나'를 무시하는 무리를 향해 다가가기, '나'를 아느냐고 질문하기는 큰 용기가 필요한 일이다. 기죽지 않고 말하는 힘은 어떻게 생긴 걸까?

'김지영'이라는 세 글자를 또렷하게 새긴 파란색 세일러 프로피트 만년필로 정성스럽게 자기 이름을 쓰는 장면을 멈춰놓고 생각한다. 사람은 누구나 이름이 있고 자기만의 생각과 삶을 누리지만, 김지영은 하고 싶은 말이 생길 때마다 '남'이 돼야 했다. 희미해진 존재를 선명하게 찾는 방법은 사람마다 다르다. 누군가는 그림을 그리면서, 누군가는 사진을 찍으면서, 누군가는 명상을 하면서 '나'를 찾는다. 국문과를 졸업한 김지영은 글을 쓰면서 자기가 겪은 고통을 들여다보기 시작했다. 부엌에 앉아 유아 의자, 인덕션, 밥통을 배경으로 쓴 글은 아름답기보다 치열했으리라. 엄마인 '나'의 이름을 쓰고 가만히 바라보는 일은 큰 변화의 시작이었다.

어린이집 하원 시간, 아빠(공유)가 편안한 후드 티 차림으로 딸 아영을 기다린다. 부녀는 저녁 메뉴를 이야기하면서 집으로 간다. 자연스러운 분위기를 보아하니 육아 휴직을 한 모양이다. 말끔하게 차려입은 김지영은 집에 들어오는 길에 우편함에서 뭔가를 발견한다. 격월간 문학잡지 《릿터》다. 자기가 쓴 글 〈여자아이는 자라서 김지영〉이 실린 쪽수를 확인하고 환하게 웃는다. 타닥타닥 경쾌한 키보드 소리하고 함께 영화는 끝난다.

김지영은 자라서 학부모?

영화가 개봉하고 3년이 흘렀다. 아영이는 초등학생, 30대 후반이던 김지영은 40대 학부모다. 육아 휴직은 길어야 1년이니 남편은 복직한 뒤일 텐데, 김지영은 어떻게 살고 있을까? 둘째를 낳은 걸까? 아이 돌봄과 집안일은 똑같이 나눌까? 친정 엄마가 도와줄까? 명절 아침은 누구 집에서 보낼까?

영화 속 김지영이 엔딩에서 쓴 글이 소설 《82년생 김지영》이라면 요즘 김지영은 꽤 안정적인 삶을 누릴 듯하다. 소설과 영화가 성공한 데 이어 연극도 무대에 오르니 말이다. 출구를 찾는 데 성공한 김지영이 부럽다. 이런 해피 엔딩은 비현실적이다. 글 쓰는 사람은 많고 글 읽는 사람은 줄어드는 지금 경력 단절을 극복하는 대안이 작가 데뷔라니, 로또 당첨 같은 결말이 아닌가.

84년생 이성경 이야기를 해보자. 온라인 신문에 투고한 글이 메인 기사로 채택되면서 백 번 말하기보다 한 번 공적 글쓰기가 더 힘이 세다는 현실을 알았다(이성경, ('맘충' 사용을 멈춰주세요), 《오마이뉴스》, 2017년 8월 21일). 불평, 불만, 수다로 폄하되던 목소리가 사회적 문제 제기로 받아들여졌다. 격월간 잡지 《민들레》에 글을 연재한 인연 덕분에 출간을 제안받아 부너미가 쓴 첫 책 《페미니스트도 결혼하나요?》를 냈고, 그 뒤 여러 책을 기획하거나 함께 썼다.

나는 글쓰기를 통해서 언어를 찾았지만 경제적 독립을 하지는 못했다. 아이들이 어린이집에 간 시간을 활용해 성평등교육활동가 양성과정과 가정폭력상담원 과정 등 여러 가지 강의를 숨이 찰 정도로 들었다. 어렵게 폭력예방교육 전문강사가 됐지만, 여전히 내일은 비정기적이고 불안정하다.

올해 둘째 아이가 초등학교에 입학했다. 원하면 늦은 시간까지 돌봐주는 어린이집에 견줘 하교 시간이 빨라졌다. 60명 정원인 오후 돌봄반은 경쟁률이 2 대 1을 넘었다. 화가 나면서도 두 손 모아

간절히 행운을 빌었다. 떨어졌다. 아직 대책은 세우지 못했다. 아이가 초등 저학년에 접어들면 출산 시기에 이어 경력 단절이 많이 일어난다는 말을 실감했다.

공과 사에서 모두 반쪽이 된 기분

결혼하고 지금까지 10년 동안 늘 지쳐 있었다. 성차별에 분노하느라, 남편하고 싸우느라, 정체성을 고민하느라, 너무 많은 시간을 보내고 에너지를 썼다. 출산 전에는 매일 아침 같은 차를 타고 같은 회사에 다닌 부부였는데, 출산 뒤에는 각자의 시간이 다르게 흘렀다.

남편은 회사 생활을 우선하다가 퇴근 뒤 한두 시간 또는 주말에 아이들하고 신나게 놀아주면 '아빠 최고!'라는 말을 들었다. 꾸준히 경력을 쌓았고, 연봉도 올랐다. 경제력과 돌봄력을 다 갖춘 매력적인 삶이었다. 나는 두 아이를 키우는 주 양육자 구실을 하면서 프리랜서로 일했다. 밤낮없이 일해도 수입은 불안정했고, 집에서 일하다 보니 아이들하고 갈등이 자주 생겼다. 체력과 인내심은 바닥났다. 간식 달라는 말에도, 색종이 잘라 달라는 말에도 짜증이 났다.

김지영은 옛 동료에게 남편만큼 벌 수 없는 현실을 쓸쓸하고 담담하게 말한다. 그러다가도 조금 더 쉬라며 진심으로 위로하는 남편 면전에 가족들도 다 한 치 건너 일이라고, 나만 전쟁이라고 소리를 친다. 아이들하고 함께 있을 때나, 불안정한 일을 할 때나, 김지영처럼 내 마음도 언제나 전쟁터였다.

낮에는 일에 몰입할 시간이 부족해 늦은 밤이나 새벽까지 일하다가 결국 탈이 났다. 키보드를 치기 어려울 정도로 오른손이 아파서 병원에 갔다. 적혈구 수치가 정상 범위 밖이니 무리하지 말라는 말을 들었다. 남편이 업계 전문가로 인정받고 안정적인 돈을 벌면서 아빠로서 아이들하고 더 친밀해지는 동안 나는 경제력도 없이 까칠하기만 한 엄마가 됐는데, 심지어 건강마저 잃을 위기에 놓였다.

공과 사에서 모두 반쪽이 된 기분이었다. 나는 왜 이렇게 아등바등 사는 걸까? 사회적 대우, 주위의 인정, 주어진 구실이 다른 일상을 살면서 남편만큼 벌겠다는 목표가 애초에 잘못된 계산인 걸까? 이제 안달복달하는 삶을 멈추기로 했다.

사치, 가장 통쾌한 저항

시간과 체력은 한정돼 있다. 한정된 자원으로 엄마 노릇도 하면서 '내 이름'을 지키려다가 만성 피로와 수면 부족에 시달렸다. 나를 위한 '쉼'과 '즐거움'은 사치라고 여기며 나중으로 미뤘다. 가족들을 위해 음식을 하면서도 아이들 없을 때는 시간이 아까워서 굶거나 라면으로 한 끼를 때웠다.

최악의 미래를 상상했다. 육아는 건강한 독립이 목표라고 말하면서도, 아이들이 내 곁을 떠나는 날을 떠올리며 '빈 둥지 증후군'

을 미리 앓았다. 물려받을 재산도 없고 내 이름으로 부은 연금도 없는 처지라 외롭고 쓸쓸한 노후를 걱정하면서 '경제적 자립'을 최우선 과제로 삼았다. 배움과 성장, 일을 우선하지 않으면 마음이 불편했다. 해야 할 일은 많은데 빠르게 나이만 먹는다면서 초조한 일상을 살았다. 가족 여행을 가도, 혼자 쉬어도, 재충전이 되지 않았다.

운동을 권하는 남편에게 김지영은 그럴 시간이 어디 있냐고, 차라리 빵집 알바를 하겠다고 받아친다. 영화를 다시 보면서 운동을 다짐했다. 지난 10년 동안 엄마가 돼 잃은 것들을 채워야 한다는 압박에 시달리면서 나 자신을 들들 볶았다면, 이제는 내가 쓸 수 있는 자원을 몽땅 쏟아부어 나를 돌보고 싶다. 나중으로 미루지 말고 내 삶을 즐기면서 사치하고 싶다.

내가 부릴 수 있는 가장 큰 사치란 시간 낭비라며 미뤄둔 일들 맘껏 하기다. 남들 시선을 의식하고 결핍을 채우려다가 놓친 일들이 많다. 가부장제 부역자라고 욕먹을까 봐 아이들이 주는 충만한 기쁨과 위로를 말하지 못했다. 때로는 자식 자랑하는 즐거움도 누리고, 가끔은 돌봄 잘하는 남편에게 아이들 맡긴 채 주말 가출도 하면서, 내게 주어진 삶, 내가 이룬 삶을 만끽하려 한다. 글은 노트북으로 쓰면서 필기감 좋은 만년필 구매하기, 낮잠, 목적 없는 만남, 등산, 영화, 탁구, 보드게임 등 내 일상이 즐거운 일이라면 무엇이든.

부너미 모임도 달라졌다. 읽어야 하는 책 말고 읽고 싶은 책으로 관심을 돌리니 모임을 운영하는 부담도 줄었다. 올해는 최명희가 쓴 소설 《혼불》을 천천히 읽고 있다. 매달 한 권씩 읽고 만나 1만 보를 넘게 함께 걷는다. 서로 연결되고 몸과 마음의 안녕을 빌어주는 모임을 늘리려 한다. 걷기 모임의 목표는 9박 10일 산티아고 순례길이다. 억울함과 답답함은 훌훌 털고 유쾌함과 당당함으로 가득 채우고 싶다.

엄마들이 자기만의 즐거움을 찾는 데 시간, 돈, 재능을 더 많이 쓰면 좋겠다. 사회가 바라는 기대치에 맞추려 애쓰기보다 내 기준을 세우고 나를 위한 선택을 하자. 죄책감이나 불안감 없이 나를 채우는 사치는 즐겁게 노는 엄마들을 아니꼽게 바라보는 이 사회를 향해 우리가 할 수 있는 가장 통쾌한 저항이다.

사는 게 뭔지 진짜 궁금해졌어요

▶ 〈찬실이는 복도 많지〉(2020)

랄라

코로나 때문에 10년 다닌 직장을 퇴사하고 전업주부로 살면서 매일 자아 분열을 겪는다. 집 말고는 갈 곳도 소속도 없는 지금에야 진짜 나를 마주한다.

작년 봄, 10년 다닌 직장을 퇴사했다. 친정이 없는 나를 위해 지방에서 서울까지 올라와 아이를 돌봐주던 이모가 더는 힘들다고 했다. 대안을 고민하는데 코로나가 터졌다. 정부는 아이를 어린이집에 맡기고 재택근무를 하는 긴급 돌봄을 대책이랍시고 내놨다. 그러나 나는 집에 있으면서 아이를 집 밖으로 내몰 수는 없었다.

네 살 아이를 돌보면서 집에서 일을 하기로 했다. 아침 아홉 시 전에 아이 밥을 먹이고 급하게 노트북 앞에 앉으면 얼마 지나지 않아 엄마를 찾는 소리가 들렸다. 거래처하고 통화할 때도 예외가 아니었다. 일이 잘될 리 없었다. 아이를 재운 뒤 밤에도 일하고 새벽에도 일했다. 그렇게 2주 남짓 지내다가 딱 미치겠다 싶어서 팀장에게 전화를 걸었다.

"저 그만둘게요."

퇴사하고 나서 앞으로 어떻게 살아야 할까 고민하던 와중에 〈찬실이는 복도 많지〉를 봤다. 마흔 살 배우 찬실(강말금)은 데뷔한 뒤 모든 커리어를 함께한 감독이 세상을 떠나면서 일이 뚝 끊기고 집마저 산동네로 옮긴다. 자기 삶을 모두 바친 영화를 계속할 수도 없고 이제 와서 다른 일을 할 수도 없는 찬실은 친한 배우네 집 가사 도우미로 취직해 밥벌이를 한다. 그러면서 자기가 정말 무엇을 원하는지 깊이 생각하기 시작한다.

나는 아무것도 되지 못했다

퇴사할 때는 꽤나 호기로웠다. 급작스럽게 그만두기는 했지만 이왕 이렇게 된 만큼 내가 진짜 좋아하는 일, 하고 싶은 일을 찾아볼 작정이었다. 학창 시절에는 열심히 공부만 하면 된다고 해서 좋은 대학에 들어갔고, 졸업을 앞두고 남들 다 지원하는 대기업에 원서를 넣었다. 큰 고민은 없었다. 그렇게 들어간 회사를 내리 10년 다녔다. 열심히 일해서 꼬박꼬박 승진도 하고, 그사이 결혼도 했다.

인생의 다음 과제도 뻔했다. 어느 날 엘리베이터 다섯 대를 동시에 운행하는 회사 로비에서 대표를 마주쳤다.

"황 과장, 얼마 전에 결혼했지? 그럼 애는 언제 낳아?"

되돌아보면 내 역사의 중요한 꼭지점들은 그렇게 만들어졌다. 어릴 때 부모님이 이혼하면서 적어도 나는 세상이 인정하는 기준에 맞춰 살아야겠다고 다짐했다. 그래서 더욱 남들 목소리에 귀를 기울이며 살았다. 그때 나는 대표가 던진 질문에 멋쩍게 웃으며 대답했다.

"네, 이제 낳아야죠."

엄마 되기는 결혼한 여성이 통과해야 하는 필수 관문이었다.

"영화 하다가 연애도 못 하고, 애도 못 낳고, 땡전 한 푼 없이 이렇게 죽는가 보다."

찬실은 박복한 신세를 한탄한다. 나는 연애해서 결혼도 하고 아이도 낳았지만, 오히려 찬실이 부럽다. 미치도록 열심히 한 일이 있고, 나름의 취향이 있고, 영화라는 자기 세계가 인생에 있다는 찬실이 말이다. 나는 내가 무엇을 좋아하고 무엇을 원하는지 몰랐다. 무엇을 선택할 수 있고 선택하지 않아도 되는지 몰랐다. 사회가 원하고 권하는 대로 살았지만, 나는 아무것도 되지 못했다.

돌밥돌밥, 전업주부가 되다

찬실이 밥벌이 때문에 친한 배우 소피네 집 가사 도우미로 일하기 시작할 때 나는 안타까워 탄식했다. 영화하고 전혀 상관없는 일이기도 했지만, 그 일이 하필 가사 노동이기 때문이었다. 가사 노동은 동서고금을 막론하고 사회를 지탱해주는 중요한 일이지만 제대로 된 가치를 인정받은 적이 없다. 전통적으로 가사 노동은 달리 재주가 없는 여성이 생계를 위해 선택할 수 있는 가장 쉬운 일로 여겨졌다.

찬실은 가사 노동을 해 돈을 벌었지만, 나는 퇴사하는 동시에 전업 돌봄 노동자이자 무보수 가사 노동자가 됐다. 처음에는 코로나도 내 공백기도 금방 끝날 줄 알았다. 쉬면서 듣고 싶던 강의도 듣고, 내가 진짜 원하는 일도 찾아볼 계획이었다. 그런데 웬걸, 코로나 확진자 수가 폭발적으로 늘어난 몇 개월 동안 아이는 어린이집에 등원하지 못했다. '돌밥돌밥'이라는 말이 생길 정도로 집에서 보내는 시간은 공백 없는 가사 노동으로 빽빽이 채워졌다.

남편이 재택근무라도 하는 날에는 뒤치다꺼리가 더 늘었다. 가족 세 명 몫을 돌보느라 쉴 새 없이 움직였고, 밤이 되면 취미 생활이나 구직 활동은커녕 아이를 재우면서 같이 쓰러져 잠들었다. 나는 살면서 직업란에 '주부'라고 쓰게 될 날을 한 번도 생각해보지 않았다. 퇴사하고 나서도 전업주부라는 정체성을 회피하려 억지로 구직 활동을 했다. 이제는 인정하지 않을 도리가 없었다.

코로나가 길어지고 확진자 수 증가에 점점 둔감해지면서 맞벌이 부모들은 아이들을 어린이집에 다시 보내기 시작했다. 집에 있는 내가 이 시국에 아이를 어린이집에 보내도 될까? 마음이 편하지 않았다. 퇴사하고 몇 달이나 지난 그제야 나는 마음속에서 워킹 맘이라는 타이틀을 버렸다. 그리고 엄마가 집에서 회사일을 하는 줄 아는 아이에게 말했다.

"엄마 이제 회사 안 다녀."

집 지키는 일도 '일'이다

전업주부라는 말은 참 이상하다. 단어에 '업'이라는 글자가 들어있어 직업이라도 되는 듯하지만, 어떤 대가나 보상도 없다. 전업주부라는 정체성을 받아들이면서 나는 협상력을 완전히 잃었다. 집안일은 부부 공동의 과제라고 말하고 또 말했지만, 남편은 점점 아무것도 하지 않았다. 아이도 아빠하고 함께하던 일까지 이제 엄마랑 하겠다고 했다. 가족들을 설득할 언어가 없었다.

오랜만에 대학 동기들을 만났다. 요즘 뭐하냐는 물음에 작년에 퇴사했다고 답했다.

"작년이면 얼마 안 됐네. 이제 몸이 근질근질하겠다. 다시 일 시작해야지."

나는 작게 고개를 끄덕였다. 벌써 1년 반이나 됐고, 매일 너무 피곤해서 근질근질할 틈이 없으며, 일은 지금도 하고 있다고 말하지 못했다. 자본주의 사회에서 임금 노동을 하지 않는 주부는 '집에서 노는 사람'이 된다.

집에 있는 일은 그 일 자체로 힘들다. 그냥 있지 않고 집을 지키고 있기 때문이다. 집안일을 최대한 미뤄두지만 뭘 하지 않아도 집에만 있다 보면 몸도 마음도 처지기 마련이다. 술을 잘 마시는 사람이라면 '키친 드링커kitchen drinker'가 될지도 모른다. 무심하게 흘러가는 시간 속에서 외로움과 공허함을 달랠 뭔가가 절실하다.

찬실은 인생에서 바닥을 친 순간이라는 생각이 드는 때에도 무엇에 의존하거나 의지하지 않는다. 함께 일한 동료들이 가사 도우미 일을 하는 사실을 알아차린 뒤에도 부정하거나 거짓말하지 않는다. 그저 담담하게 인정하고 받아들인다. 나도 내가 하는 일, 있는 곳, 내가 보내는 시간들 앞에 당당해지고 싶다. 집에서 놀지도 않지만, 내가 내 집에서 좀 놀면 어때서.

그저 매일 애써서 산다

"나는 오늘 하고 싶은 일만 하면서 살어. 대신 애써서 해."

집주인 할머니(윤여정)가 콩나물을 다듬다 무심코 툭 던지는 말이다. 세월을 훨씬 앞서 산 할머니는 꼭 뭔가 해야 한다고 말하지 않는다. 그저 매일 애써서 살면 괜찮다고 우리를 위로한다. 10년 다닌 직장을 박차고 나온 만큼 거창한 뭔가를 해야 한다는 생각에 사로잡힌 나에게도 큰 울림을 줬다.

나도 매일을 애써서 산다. 육아는 잠시도 멈출 수 없는 24시간 진행형 노동이다. 혼자 하고 싶은 의욕이야 앞서지만 모든 일에 손이 가야 하는 다섯 살. 먹고 자고 싸는 일은 물론, 이제는 자아가 커지는 시기라 마음까지 돌봄이 필요하다. 주부의 삶을 받아들이고 나서 달라진 점은 여유다. 출근할 때는 늦어도 새벽 여섯 시 반에 일어나 생산 라인에 놓인 제품 다루듯 아이를 챙겨야 했다. 재충전하는 시간일 뿐 전업주부는 아니라고 생각할 때도 하루하루를 쫓기듯 살았다.

찬실은 다시 영화를 하기로 마음을 정한 듯 노트북이 놓인 책상에 앉아 시나리오 작업을 한다. 그리고 자기가 정말 무엇을 원하는지 생각하고 찾을 수 있게 도와준 국영(김영민)에게 작별을 고한다.

"늘 목말랐던 것 같아요. 내가 좋아하는 영화는 나를 꽉 채워줄 거라고 믿었어요. 그런데 잘못 생각했어요. 채워도 채워도 그런 걸로는 갈증이 가시지가 않더라고요. 목이 말라서 꾸는 꿈은 행복이 아니에요. 저요, 사는 게 뭔지 진짜 궁금해졌어요. 그 안에 영화도 있어요."

지금까지 내가 쫓던 것은 '목이 말라서 꾸는 꿈'이었다. 명품 브랜드를 담당하며 머리끝부터 발끝까지 명품으로 휘감고 출근하던 날들도, 진정한 꿈을 찾아 보란 듯이 자아실현을 하리라는 마음에 쫓기던 날들도 나를 온전히 채워주지 못했다. 퇴사 소식을 들은 선배 언니가 한 말이 떠오른다.

"야생의 세계로 온 것을 환영해."

집 말고는 갈 곳도 없고 소속도 없는 지금, 나는 매일 진짜 나를 마주하고 있다. 그리고 사는 게 뭔지 진짜 궁금해졌다.

마지막 장면에서 찬실은 집이 정전이 되자 전구를 사러 간다. 어두운 길을 가는 동료들 뒤에서 손전등을 비추던 찬실은 잠깐 멈춰서서 휘영청 밝은 달을 바라보다가 조용히 소원을 빈다.

살던 대로 살 수도 없고 다르게 살 수도 없는 깜깜하고 막막한 시절, 반짝반짝 빛나는 순간뿐 아니라 희미한 빛에 의지해 한걸음 내딛는 순간도 소중한 내 인생이라는 사실을 깨달은 찬실은 진정 복도 많다. 나도 찬실처럼 매일을 살아가면서 나만의 소원을 품을 수 있다면 정말 좋겠다.

자기 삶을 스스로 선택한 여자들

▶ 〈디 아워스(The Hours)〉(2003)

구성은

속 편한 주부 같지만 가슴속 꽁꽁 우울과 불안을 숨겨둔 사람. 다르게 살고 싶은데 아직 방법을 몰라 찾고 있는 중이다.

버지니아, 일상을 끝내기로 결심하다

깡마르고 창백한 손으로 코트를 단단히 여미고 집을 나선다. 바쁜 일이라도 생긴 듯 총총히 길을 걸어 강가에 다다른 뒤 차가운 강물 속으로 스스로 걸어 들어가 삶을 마무리한다. 세상에 남게 될 가족을 향한 사랑을 잃은 탓일까 싶지만, 버지니아가 남긴 마지막 편지에는 남편을 향한 절절한 고마움과 사랑이 담겨 있다. 사랑하는 사람하고 함께 살아가는 삶보다 스스로 삶을 정리하는 쪽을 선택했다. 누구보다 삶을 사랑한 만큼 치열하게 싸웠고, 마침내 삶을 마주하게 된 뒤 이제 그 삶을 정리하려 한다는 말을 남겼다.

1923년 런던 교외 리치몬드, 작가인 버지니아는 소설 《댈러웨이 부인》을 쓰는 데 집중하고 있다. 소설 속 등장인물을 죽여서 다른 등장인물에게 삶의 의미를 일깨워주려 한다. 어떤 등장인물에게 삶을 주고 죽음을 줘야 할지 아직 결정하지 못했다. 아내가 온전히 소설 쓰는 데 몰두할 수 있게 남편은 물심양면 배려하지만, 버지니아는 살뜰한 보살핌이 아니라 스스로 일상을 꾸릴 자유를 바랄 뿐이다.

자기를 만나러 오는 언니 가족에게 생강차를 대접하고 싶다. 집에서 일을 돕는 하녀들에게 사 오라고 시킬 수는 있지만, 자기가 직접 런던으로 갈 수는 없다. 혼자 런던으로 가는 외출은 허락되지 않는다. 할 수 있는 일은 동네 산책뿐. 그 작은 자유를 누릴 때조차 아침 산책이나 가는 팔자 좋은 여자로 보일 뿐이다. 버지니아는 원하면 언제든 어디나 갈 수 있는 자유, 원하지 않으면 식사를 하지 않아도 되는 자유가 중요하다.

가족이 떠난 오후, 무작정 역으로 달려가지만 기차에 오르지는 못한다. 아내가 우울증을 극복하고 안정되게 살아가기를 원하는 남편은 다시 런던으로 돌아가 치열하게 살고 싶다는 버지니아하고 갈등한다. 안정된 삶은 남편이 지닌 소망일 뿐 버지니아가 원한 삶의 방식은 아니었다. 남편은 끝끝내 이해하지 못하지만.

삶을 버리고 죽음을 선택하는 결정은 어쩌면 비겁한 도망처럼 보일 수 있다. 그렇지만 왜 살아야 하고 어떻게 살아야 하는지를 의심하며 사는 사람들에게 매일매일의 삶은 선택이고, 넓게 보면 죽음도 그 선택지 안에 들어 있다. 삶을 포기한 결과로 단정하기보다는, 가장 자기답게 남으려고 처절하게 고민한 선택이라 믿고 싶다.

로라 브라운, 일상을 떠나기로 결심하다

아이하고 함께 남편 생일 파티를 준비하는 어느 오후, 케이크 굽기에 도전하지만 결과는 만족스럽지 않다. 자기가 한 짓이 실망스러운지 케이크는 잠깐 제쳐두고 침대에 누워 있다가 불현듯 일어나 약장에서 약을 챙기더니 아이를 이웃에 맡긴 채 호텔로 향한다.

홀로 침대에 누워 소설 《댈러웨이 부인》을 읽다가 자살을 할까 생각하지만 이내 생각을 바꾸고는 집에 들어온다. 그냥 본래의 일상으로 돌아가는 걸까? 아니다. 그날 중대한 결심을 한다. 언젠가는 이 집을 떠나겠다고. 둘째를 낳고 난 어느 날, 아침에 일어나 밥을 차려놓고 정류장에 가서 버스를 탄다. 캐나다 어느 도서관에 일하러 간다는 메모를 남기고 집을 떠난다.

1950년대 반듯하게 정돈된 길가에 그림 같은 집들이 늘어선 미국의 어느 주택가, 책을 좋아하는 로라 브라운은 버지니아 울프가 쓴 소설 《댈러웨이 부인》에 푹 빠진 전업주부다. 임신한 아내를 깨우지 않은 채 첫째 아이가 먹을 아침을 준비하는 남편하고 함께하는 일상을 보면 로라는 다정한 남편, 사랑스러운 아이, 예쁜 집이라는 행복의 조건을 모두 갖춘 듯 보이지만, 출근하는 남편을 지켜보는 표정은 텅 빈 듯 슬퍼 보인다.

친구가 아프다는 소식을 듣고는 마음을 나누던 사람을 잃을 수 있다는 위기감과 세상에 홀로 떨어진 듯한 외로움을 느낀다. 모든 것을 누리며 사는 듯해도 마음 한구석에서는 늘 떠날 준비를 하고 있던 로라에게 미칠 듯한 공허함과 외로움이 어떤 결심을 하는 계기가 됐을까? 자기 꿈이 무엇인지 알기도 전에 남편이 꾸는 꿈의 일부가 된 로라는 그 꿈 밖으로 스스로 걸어 나온다.

각자가 각자의 꿈이 되고 싶어서 결혼하지만, 가족이 돼 살다 보면 모든 가족이 꿈을 성취할 수 없다는 현실을 종종 깨닫는다. 내 꿈을 위해 다른 가족의 꿈을 잠시 접어야 할 순간도 있고, 참고 기다려야 할 때도 있다. 그렇지만 늘 기다리는 사람만 기다리고 멈추는 사람만 멈추지는 않는지 생각해봐야 한다.

캐나다 어느 작은 도서관 사서라는 꿈 때문에 로라는 가정을 떠났을까? 꿈이 무엇인지 궁금해하는 가족이 있는데도 로라는 혼자 떠났을까? 이른 새벽 커다란 짐 가방을 든 로라 옆에서 같이 버스를 기다려주고 싶다.

클라리사, 일상을 받아들이기로 결심하다

파티에 쓸 꽃을 사러 나간다. 주인공과 주최자는 어떤 관계라고 딱 잘라 말하기 어렵다. 전 여자 친구인 주최자는 전 남자 친구가 문학상을 받자 자기가 상을 받은 양 들떠서 음식을 준비하고 친구들을 초대한다. 정작 주인공은 파티에 올 생각이 없다. 결국 시상식을 앞두고 더는 의미 없는 삶을 이어가고 싶지 않다며 파티 주최자 눈앞에서 창문 밖으로 떨어져 자살한다.

2001년 뉴욕, 동성 파트너하고 함께 딸을 키우며 사는 편집자 클라리사는 오늘도 에이즈를 앓는 리처드의 집을 오가며 병간호를 하고 있다. 그런 클라리사를 지켜보는 파트너의 얼굴에는 미처 숨기지 못한 불만이 스치고, 딸은 파티에 집착하는 엄마에게 짜증을 낸다. 보살핌을 받는 리처드도 일부러 상처 주는 말을 계속하며 반기지 않는 마음을 드러내지만, 클라리사는 그런 시선을 무시한 채 꿋꿋하게 일상을 이어간다.

클라리사는 왜 기꺼이 리처드의 보호자가 됐을까? 리처드는 자기를 버리고 떠난 어머니 로라를 생각하며 클라리사를 '델러웨이 부인'이라 불렀다. 그리고 클라리사는 리처드에게 '델러웨이 부인'이 됐다. 사랑하는 사람이 나를 '무엇'이라 불러주면 나는 그 사람을 위해 '무엇'이 될 수 있다. 리처드의 행복과 불행을 자기 책임으로 느끼며 삶의 일부로 받아들인 클라리사는 리처드가 잡은 손을 놓기 전까지 계속 델러웨이 부인이었다. 나에게 기대지 말고 자기만의 삶을 살라며 리처드가 눈앞에서 목숨을 끊고 나서야 비로소 자기 집으로 돌아가 클라리사로 살 수 있게 됐다.

클라리사는 편집자이고 리처드는 소설가인 이유는 창작물이 있기 때문에 편집을 할 수 있고 창작자가 존재해서 편집자도 존재할 수 있다는 의존적 관계를 나타내는 장치다. 우리는 다 다른 사람을 위해 살아간다는, 클라리사가 한 말은 반은 맞지만 반은 틀렸다. 일상의 대부분을 내게 주어진 이름을 어깨에 얹고 할 일을 묵묵히 하면서 살아가지만, 내가 나에게 지어준 나만의 이름이 있어야 일상에 변화가 일어나기 때문이다.

나, 일상을 바꾸기로 결심하다

솔직히 고백하자면, 나는 행복하지 않다. 행복하지 않다고 인정하기란 쉽지 않다. 행복하지 않다고 해서 내 결혼 생활이 실패는 아닌

데, 왠지 아이들과 남편을 부정하는 듯한 기분이 든다. 변하지 않는 일상 속에서 화가 쌓이고, 성장하지 못하고 있다는 생각에 우울해진다. 이제 뭔가 변화해야 할 때다.

아침이 되면 나는 아침을 준비하고, 아이들과 남편은 학교와 유치원과 회사로 떠난다. 모두 각자의 세계로 썰물처럼 빠져나가면 홀로 집에 남아 어질러진 집을 정리하고 한숨을 돌린다. 상상 속의 나는 여유롭게 커피를 내려 마시고 집으로 돌아오는 아이들을 반갑게 맞이하는 모습이지만, 현실에서는 혼자 남은 시간 동안에 나 혼자만 멈춘 듯 조급하고 불안하다.

가족들에게 필요한 뭔가를 '제공하는' 일들로 채워진 시간 속에서 몸은 바쁘게 움직이지만 일상은 무의미하고 지겹다. 적극적으로 모임에 나갈까? 새 일을 시작할까? 아이들 하원 시간과 배우자 퇴근 시간에 맞춰 집에 돌아와야 하는 신데렐라 신세를 벗어나기가 쉽지 않다. 이런 일상을 바꾸려면 사는 곳을 바꿔야 한다고 생각했다.

지금 내가 사는 아파트는 학교와 어린이집이 가까워 아이 키우기 좋은 곳이지만 출퇴근이 편한 지역일 뿐 내가 살고 싶은 곳하고는 거리가 멀다. 집에서 가장 긴 시간을 보내야 하는 나를 전혀 고려하지 않은 선택이다. 내가 살기 좋은 곳으로 이사하면 마음도 편해지고 새로운 일도 시작할 수 있을 듯했다.

이사를 결정한 뒤 그동안 관심 두던 일들을 어떻게 시작할지 찾아봤다. 끝나는 시간대는 보통 저녁 여섯 시. 평소 같으면 아이 학원 시간하고 맞지 않아 시도조차 하지 않고 접었겠지만, 이제는 양보해달라고 '통보'했다. 생각보다 쉬웠다. 그동안 아무도 막지 않는데 내가 지레 포기한 걸까? 내가 나를 응원하게 되니 다른 가족들 응원까지는 바라지 않게 됐다.

얼마 전 1박 2일 모임에 참석했다. 10년 만에 처음으로 가족을 떠나 혼자서 보낸 밤이었다. 가족들이 내 부재를 대수롭지 않게 받아들이려면 한 계절에 한 번 정도는 집 밖에 나와 지내려 한다. 내친 김에 아이 핑계로 오랫동안 연락하지 않은 친구에게 인사 겸 문자를 보냈다.

"너, 금, 토 시간 있어?"

반갑게 금요일인지 토요일인지 되묻는 친구에게 '1박 2일'이라고 말하고 대답을 기다렸다. 긍정적인 답이 오지 않아도 괜찮다. 나는 혼자라도 짐을 싸 나갈 테고, 하루 동안 나를 위한 시간을 보낼 작정이다. 나는 이렇게 변화하기 시작한다.

나는 날마다 내 안부를 묻는다

▶ 〈마나나의 가출(My Happy Family)〉(2017)

유보라

문득 돌아볼 때 생각보다 덜 불행하고 더 아름다운 삶이기를 바란다. 여전히 두렵고 불안하지만 오늘도 책상에 앉아 '나'를 꺼낸다.

남편과 두 아이, 친정 부모님하고 함께 사는 중년의 마나나(이아 슈글리아시빌리)는 갑자기 '독립 선언'을 한다. 자기만의 공간을 얻어 따로 나가 살겠다는 것. 아무도 동의하지 않는다. 심지어 친척들을 모두 불러 설득하려 애쓴다.

마나나는 허름한 아파트를 얻어 도망치듯 독립을 감행한다. 작은 발코니와 낡은 소파, 모차르트의 음악, 창으로 들어오는 햇살과 바람이 전부인 곳에서 마나나는 누구보다 평온하다. 무엇이든 할 수 있고 아무것도 하지 않아도 괜찮은 공간. 그곳에서 마나나는 기타를 치고, 노래를 하고, 글을 쓰고, 토마토를 심는다.

특별한 일은 일어나지 않는다. '엄마'가 아니라 '마나나'로 살아간다는 점만 달라졌다. 낡은 소파에 기대앉아 가만히 자기를 응시하는 마나나에게서 오래전부터 '나'를 꿈꾼 내 모습을 봤다.

내가 없는 계절을 지나

2010년 겨울, 결혼을 하고 남편 고향으로 귀농을 했다. 그곳에서 아이 넷을 낳았다. 반복된 임신과 출산은 자발적 선택이었다. 몸은 고되지만 웃으면서 육아를 해냈다. 언제부터 그랬을까? 자꾸만 타인의 자유를 힐끗거리며 혼자인 나를 상상했다. 그렇지만 '엄마'를 빼고 나면 나를 증명할 수 있는 것이 아무것도 없었다. 막 백일이 된 넷째를 등에 업고 설거지를 하다가 눈물이 툭 떨어졌다.

최선을 다하며 살고 있다고 생각했다. 무엇을 위한, 누구를 위한 최선이었을까. 덜그덕 덜그덕 마음이 흔들리는 소리가 났다. 설명할 수 없는 설움이 밀려왔다. 그날 밤, 화장실 거울 앞에 서서 한참 동안 나를 바라봤다. 소매가 늘어난 낡은 티셔츠, 뒤로 질끈 묶어 올린 부스스한 머리, 푸석한 얼굴 뒤로 까마득한 시간이 흘러갔다. 더는 나를 잃어버리고 싶지 않았다.

결혼 뒤 아이를 낳고 낮과 밤을 구별하지 않은 채 흘려보낸 무수한 시간들이 떠오른다. 쉼 없이 흘러간 시간 안에 나를 담은 계절은 얼마나 있었을까. '엄마'라는 이름에 누구보다 충실하게 살아간 나를 치켜세운 말들, 아무 생각 없이 그대로 삼킨 그 말들을 모두 다 토해내고 싶었다.

따뜻하고 다정한 위로는 내가 아니라 '엄마'를 향해 있었다. 여전히 건재한 배우자의 삶과 빛나는 아이들의 성장 뒤에 잔뜩 움츠러든 나를 봤다. '나는 누구일까, 왜 이곳에 있을까, 뭘 향해 가는 걸까, 정말 괜찮은 걸까.' 나에게만 들리고 나에게만 보인 질문들, 더 정확하게 말하면 애써 생각을 멈추고 입을 다물어야만 하는 질문들 때문에 자꾸만 목이 메었다.

마음에 인 보풀을 홀로 떼어내며 아이들을 마주할 때면 알 수 없는 죄책감이 나를 짓눌렀다. '이제 와서 네가 뭘 하겠다고, 네까짓 게 삶의 의미며 가치 같은 실존의 문제를 들먹여서 뭘 하려고 이러느냐'고 비난하는 목소리가 들리는 듯했다. 그렇지만 이전으로 돌아갈 수는 없었다. 틀에 박힌 안정된 삶, 배우자와 아이들의 무사한 하루에 안도하고 다시 또 내가 없는 텅 빈 내일을 맞이하고 싶지 않았다.

나를 마주하기

배우자의 삶에 방해가 되지 않기 위해, 좋은 며느리가 되기 위해, 아이들의 건강과 세속적 성장을 위해 한 모든 노력 앞에, 다른 누가 아니라 '나'를 놓아야 했다. 내가 먼저 내 안부를 묻고, 내 생각을 말하고, 내가 원하는 일, 나를 즐겁게 하는 일들을 찾아야 했다.

먼저 아무 방해도 받지 않고 내 안의 막연한 의문과 분노를 마주할 수 있는 공간, 편안하게 오랫동안 나를 배회할 수 있는 공간이 절실했다. 몸을 곤추세우고 앉아 침묵해야 하던 무수한 질문들과 내 안의 욕망을 꺼내어 볼 수 있는 곳 안에서 일상의 내가 아니라 본래의 나를, 내가 살아내야 하는 나를 찾고 싶었다. 그래야 내가 선택한 삶에서 도망가지 않고 나를 지킬 수 있을 듯했다.

'엄마' 구실에 최선을 다하던 때보다 더한 오기와 정성을 들여 내 안으로 파고들었다. 평온한 일상에 균열이 일었고, 여러 차례 폭풍이 휘몰아쳤다. 남편은 내가 엄마와 아내, 며느리라는 정체성이 아니라 '본래의 나'를 이야기할 때마다 눈을 감고 긴 숨을 뱉어냈다. 시어머니는 농사를 돕지 않고 공부를 하겠다는 며느리를 이해하지 못했다.

넷째가 어린이집에 가기 시작한 뒤로 동네 어른들은 나를 '집 안에 들어앉은 여자'라 불렀다. 온종일 집안에 들어앉아 무엇을 하느냐, 지루하고 따분하지 않냐고 물었다. 한때 나를 올려다보며 애국자라 부른 사람들이었다. 새댁이 참 대단하다고, 먼 곳에서 시집와 애 넷 낳아 그렇게 잘 키우니 보기만 해도 뿌듯하고 고맙다고 했던가? 나를 알지도 못하면서 함부로 말하는 사람들 입이 무서워 한동안 밖에 나가지 못했다.

미친 듯이 책 읽고 공부했다. 낮에는 아이들이 쓰던 플라스틱 밥상에서 버지니아 울프와 루이제 린저, 에리히 프롬과 프리드리히 니체를 읽었고, 밤이면 침대 옆 좌식 책상에 앉아 잠든 막내의 엉덩이를 토닥이며 공부해 심리학 학위를 땄다. 청소년 상담사 공부를 하고, 글쓰기 수업을 듣고, 독서 토론을 했다. 모두 다 하고 싶어한 일들이었다. 꼭 무엇이 되려고 한 일은 아니었다. 하루도 쉬지 않고 몸을 움직이며 살아가는 일상에서 '엄마'가 아니라 '나'를 마주하고 싶었다. 그렇게 3년을 치열하게 살았다. 이사를 하면서 작지만 온전한 내 방이 생겼다.

지금도 내 곁에는 천방지축 사 남매가 있고, 나는 내 방을 지키려 각고의 노력을 해야 한다. 잠깐이라도 방심하면 책상 위에는 지우개 똥과 과자 부스러기가 쌓이고, 바닥은 바퀴 빠진 자동차와 레고로 엉망이 된다. 어쩔 수 없이 문을 잠그고 해야 할 일이 있을 때면 아이들은 젓가락으로 톡 문을 열고는 가장 불쌍한 표정을 지으며 엄마를 찾는다. 나는 자리를 털고 일어나 아이를 안아줄 수밖에 없다.

방해하지 않겠다는 약속을 받아내도 그때뿐이지만, 이런 소란스럽고 분주한 시간이 일으킨 변화도 있다. 남편과 아이들이 '나'를 궁금해하기 시작했다. 요즘에는 어떤 책을 읽고 무슨 글을 쓰는지, 독서 모임과 글쓰기 모임에서는 무슨 이야기를 나누는지, 책상에 오래 앉아 있을 때는 무슨 생각을 하는지 묻는다. 그럴 때면 엄마와 아내만 담고 있던 오목한 시선이 '본래의 나'에 닿아 넓게 퍼지는 느낌을 받는다.

따로 또 함께 행복하려면

마지막 장면에서 마나나는 남편 소소에게 묻는다.

"당신은? 당신은 어떻게 살아왔는데? 알기나 해? 당신은 누군데?"

소소는 아무런 대답을 하지 못한다. 열린 창문으로 불어오는 바람 소리만이 소소와 마나나 사이의 긴 침묵을 대신할 뿐이다. 한참 동안 창밖을 바라보던 마나나가 고개를 돌려 남편 소소를 바라보면서 영화는 끝난다.

나는 이 질문이 가정을 꾸리고 사는 우리 전부를 향하고 있다고 생각한다. 가족이라는 이유로 너무 쉽게 서로 다 안다고 단정한, 각자의 삶을 통과하려 애쓰지 않고 보이는 것이 전부라 믿고 싶어한 우리 전부를 향한 질문 말이다. 나 또한 남편과 아이들을 배우자와 자식이라는 틀 안에서 바라본 때가 있었다. 남편이니까, 내 아이니까 마땅히 이러하면 좋겠다는 바람이 내 안에 있었다. 그렇지만 '나'를 찾는 시간을 통과하면서 세상에 당연한 것은 없다는 사실을 알게 됐다.

"이 세상에 문제없는 가족은 없어. 문제가 있는 게 정상이야."

소소가 이렇게 말한 이유는 그런 문제가 자기 삶에 별다른 영향을 미치지 않기 때문이었다. 그래서 마나나는 별거를 선택할 수밖에 없었다. 소소에게는 대수롭지 않은 문제가 마나나에게는 존재를 위협하는 커다란 문제였으니까.

마나나는 집을 나갔지만, 가족을 떠나거나 완전히 새로운 삶을 향해 나아가지 않았다. 아무런 눈치도 보지 않고서 자기가 원한 방식으로 자기를 놓아두는 변화가 전부다. 그제야 내내 어둡던 얼굴에 엷은 웃음이 번진다.

나를 희생해야만 유지되는 관계는 마음을 가난하게 만든다. 나는 습관처럼 푸석한 마음으로 사랑을 말하고 싶지 않다. 나를 올려다보는 아이들의 동그랗고 반짝이는 눈과, 내 손을 잡고 웃는 배우자의 얼굴을 보면서 그 마음들에 가닿을 수 있는 말과 사랑을 하고 싶다. 허공에서 부서지고 마는 백 마디 말보다, 우리를 단단히 묶어줄 진실된 한마디를 하고 싶다.

오늘도 책상 앞에 앉아 나 자신의 안부를 묻는다. 내가 좋아하는 음악을 듣고, 책을 읽고, 글을 쓰면서 나를 꺼내어 본다. 그런 순간을 붙들고 방문을 나서면 여느 때하고 다르게 아이들을 부지런하게 사랑하는 나를 볼 수 있다. 별것 아닌 이야기에 배꼽 빠져라 웃는 아이하고 함께 웃을 수 있고, 떼를 쓰며 뒤로 넘어가는 아이를 한 번 더 안아줄 수 있다.

마나나도 같은 마음이 아니었을까? 마나나가 별거를 선택한 이유는 엄마와 아내와 딸이 아니라 마나나로 존재하고 싶은 욕망이 가족을 지키는 힘이 될 수 있다고 믿었기 때문이었다. 마나나는 가족 밖으로 도망가지 않았다. 함께 행복하기 위해 조금 더 용감한 선택을 했을 뿐. 내게서 나를 빼지 않아야 각오를 다지지 않아도 누군가를 깊이 사랑할 수 있다고 믿는다.

오늘도 활짝 문을 열었습니다

▶ 〈안토니아스 라인(Antonia's Line)〉(1997)

엘리

결혼 뒤 모든 것이 이상해진 나라에서 여전히 '이상한 엘리'로 살고 있다. 전라북도 완주군 '엄마의 방학'에서 희미해진 이름을 찾는 엄마들이 던진 질문을 따라가는 중이다.

안토니아의 마당

안토니아는 2차 대전이 끝나고 얼마 뒤 딸 다니엘하고 함께 고향에 돌아온다. 엄마의 임종을 하러 온 참이다. 집안 사정을 뻔히 알 만큼 작은 마을이지만 사람들은 안토니아 모녀에게 그리 다정하지 않다. 성당은 남녀가 엄격히 구분돼 있고, 공공연하게 거칠고 무례한 태도로 남성성을 과시하는 남자들 목소리만이 두드러진다. 결혼하지 않은 다니엘이 아이를 가지자 마을에서 최고 권위를 누리는 사제는 미사에서 대놓고 비윤리적 행위라고 비난하며 적의를 드러낸다.

안토니아는 '커다란 목소리를 가진' 이들에 맞서 더 커다란 목소리를 내며 치열한 싸움을 벌이거나 마을을 뒤집어엎지는 않는다. 대신 들판에 씨를 뿌린다. '하루는 일주일이 됐고 일주일은 1년이 됐'으며, '들판은 초록에서 갈색이 됐'다. '춤추듯 시간은 흘러'가지만 안토니아는 어김없이 들판에 씨를 뿌린다. 마을에 뿌리 깊게 자리잡은 가부장적 분위기와 여성만을 향하는 비난과 평판에도 안토니아는 제 할 일을 하며 매일을 일군다.

마당을 활짝 열어서 마을에 있지만 없는 사람들에게 곁을 낸다. 그림자 같던 사람들은 안토니아네 마당에 펼쳐진 열린 식탁에 둘러앉아 비로소 제자리를 찾는다. 갈 곳 없던 아이들도, 성당을 뛰쳐나온 젊은 신부도 안토니아네 마당에서는 각자의 곁이 된다. 안토니아는 아들들을 키울 사람이라며 자기에게 청혼한 바스를 모욕하거나 외면하지 않은 채 식탁에 초대해서 함께 인생을 살아가는 좋은 친구이자 동료로 환대한다.

안토니아, 딸 다니엘, 손녀 테레사, 증손녀 사라까지 여성이 중심이 돼 이어지는 시간들은 흔들리면서도 함께 뚜벅뚜벅 나아간다. 안토니아네 활짝 열린 마당에서는 개별적인 다름이 차별로 이어지지 않고 각자의 곁이 될 뿐이다.

엄마의 방학

'엄마의 방학'은 엄마, 아내, 며느리, 딸이라는 지위로 규정된 나를 벗어나서 원래의 내가 돼 생각하고, 질문하고, 읽고, 쓰고, 그리고, 마음을 돌보게 하는 공동체다. 엄마의 방학이 맨 처음 시작한 프로그램은 엄마들이 그저 '나 자신'으로 만날 수 있는 자리였다. 낯설고 어색한 첫 만남이었지만, 우리는 마음속 이야기들을 꺼내어 보이며 눈물을 흘렸다.

출산 뒤 무조건적 모성 신화를 마주하고 느낀 당혹감, 좋은 엄마가 되려고 발버둥칠수록 죄어오는 죄책감, 가족이라는 이름으로 당연하게 벌어지는 부당함 앞에서 함께 아파했다. 특별한 사람의 특별한 이야기가 아니라 바로 우리들의 일상이었다.

프로그램이 끝난 뒤 한 달에 한 번 책을 읽으며 만남을 이어갔다. 내 이야기를 들어주고 공감해주는 사람들은 처음이었다. 어느 한 사람 나더러 이상하다고 하지 않았다. 결혼 뒤 줄곧 이상한 나라의 앨리스가 된 기분이었는데, 참고 있던 숨이 비로소 고르게 쉬어지는 느낌이었다. 그러다 코로나 팬데믹을 맞았다. 막다른 골목에 다다른 듯 모든 것이 멈춘 그때 생각지도 못한 전화가 걸려왔다.

"고객님, 저축 보험 만기 안내드립니다."

10여 년 전에 홈쇼핑으로 가입한 저축 보험이 곧 만기가 된다고 했다. 난생처음 생긴 큰돈, 천만 원으로 뭘 하면 좋을까? 지니의 램프를 가진 듯 행복한 고민에 빠졌다가, 이번만큼은 나를 위해 써보자 싶었다. 카페, 도서관, 학교가 문을 닫은 지금, 엄마의 방학은 모임을 이어갈 안전한 공간이 필요했다. 나는 동네를 뒤지기 시작했다. 그리고 덥석 계약을 했다. 누군가는 무모하다 했고, 누군가는 팔자가 좋다 했고, 누군가는 남편이 대단하다 했다.

2021년 7월 10일, 엄마의 방학 공유 공간이자 공유 활동실인 '딩가딩가'가 태어났다. 월세와 이자, 운영비를 벌기 위해 지금도 열심히 아르바이트를 하고 있지만, 힘에 부치기보다는 즐겁다. 좋아하는 것들에 둘러싸여 좋아하는 일에 마음을 쏟는 것이 휴식이라는 말(라문숙, 《깊이에 눈뜨는 시간》, 64쪽)처럼 딩가딩가에서 보내는 시간은 내게 휴식이다. 어느 순간 사람들은 내 얼굴이 달라졌다고 말하기 시작했다.

딩가딩가에서 딩가딩가

우리 지역 여성들, 그중에서도 엄마들이 슬리퍼를 끌고서 무람없이

드나들 수 있는 곳 '딩가딩가'가 문을 열었다. 딩가딩가는 혼자만의 공간과 시간이 필요한 여성들에게 활짝 열려 있다. 뒹굴뒹굴 만화책을 봐도 좋고, 볕 잘 드는 널찍한 책상에서 그림을 그려도 좋다. 강을 보며 멍을 때려도 좋다. 혼자든 여럿이든 여성들이 안전하게 이용할 수 있는 우리 동네 공유 공간이자 공유 활동실이다.

공간 곳곳에는 그림책과 책이 있고, 한쪽에 마련된 전시장에는 우리 지역 여성들이 솜씨를 부린 패브릭과 기록들이 전시돼 있다. 엄마의 방학에서 진행 중인 다양한 활동들도 시간에 구애받지 않게 됐다. 그동안 해보지 못한 여러 시도도 마음껏 할 수 있게 됐다. 와인 클래스는 재즈 클래스로 이어지고, 재즈 클래스는 또 다른 지역 공간에서 재즈 다이닝으로 이어졌다.

엄마의 방학 오픈 하우스도 했다. 엄마의 방학 성원뿐만 아니라 새로운 분들에게 엄마의 방학이 지나온 지난 3년을 함께 나눌 수 있었다. 주말에는 밤이 늦도록 이야기꽃을 피웠다. 이름과 나이, 직업을 묻지 않아도 안전하고 평화로운 우리만의 공간이었다.

딩가딩가에서는 유명한 사람들이 일방적으로 전달하는 강연보다 우리 주변 여성들이 전하는 이야기가 펼쳐지고 있다. 그냥 취미라고 손사래 치는 이들에게 자기만의 이야기를 할 수 있는 자리를 열어주면 그런 이야기에 공감하고 지지하는 사람들이 연결된다. 서로 모르는 사람들이 모여서 또 다른 일을 함께 도모하는 모습을 보면, 잘한 일이지 싶다.

지난 3년 동안 내가 무엇을 좋아하는 사람인지 확실히 알게 됐다. 나는 사람들이 연결되고 서로 가능성을 넓혀가는 과정을 좋아한다. 사람 덕질을 좋아하고 뭐든 부추기는 데 강점이 있다. 이제부터는 내 강점을 팍팍 살려서 활동하려 한다. 사람들이 지닌 가능성을 발견해서 가랑비에 옷 젖듯 살살 부추기고 꼬드겨 무대를 만들어주려 한다. 지역 곳곳에서 자기만의 길을 걸어가는 사람들을 뜨겁게 응원하고 싶다.

계속해보겠습니다

엄마의 방학은 올해로 4년째가 됐다. 처음에는 '엄마의 밥상'이라고 자주 불렸다. 엄마와 밥상은 입에 편히 붙는데 엄마와 방학은 어딘가 어색해했다. 엄마라는 언어는 늘 그랬다. 엄마의 손맛, 엄마표 도시락, 엄마표 간식, 엄마 밥까지 엄마라는 이름은 언제나 밥하고 함께 다녔다. 공동체 지원 사업 공모에서 엄마의 방학이 한 활동들을 발표할 때 엄마들이 느끼는 고립감과 죄책감을 이야기하면, 엄마가 돼서 행복하게 잘사는 사람이 더 많다며 엄마라는 단어의 정의부터 다시 해보라는 말이 돌아왔다.

심사위원들에게 엄마들이 모인 우리는 소모적인 수다 모임일 뿐이고, 사례 탐방 출장은 엄마들이 떠나는 일탈 여행이었다. 엄마가 어떻게 방학을 하느냐는, 그런 일은 불가능하다는 시선이 이미 깔려 있었다. 프로젝트를 수행할 수 있는 역량을 검증하는 대신 세상 물정을 몰라도 너무 모른다는 듯 나무라는 무례하고 일방적인 질문 앞에서 나는 번번이 상처를 받았다. 그런데도 계속할 수 있는 이유는 엄마의 방학에서 함께하는 엄마들 때문이다.

3년은 길다면 길고 짧다면 짧은 시간이다. 그동안 엄마의 방학에 많은 사람이 함께했다. 단 한 번 만남이기도 했고, 여러 해 이어지는 긴 만남이기도 했다. 어떤 이는 잊고 있던 꿈을 찾아 실현했고, 어떤 이는 좋아하는 일을 활동으로 연결하기도 했다. 그런 활동이 엄마의 방학 내부가 아니라 외부에서 벌어지는 별개 활동으로 이어지면서 엄마의 방학이 엄마들의 성장을 막고 있다는 오해도 받았다. 속상하고 슬펐다. 내가 곁을 내주지 않고 혼자서 다 하려 하는 걸까 하면서 반성과 검열의 나날을 보내기도 했다.

그렇지만 엄마의 방학은 지금처럼 나아가려 한다. 그저 여기서 점을 찍고 있는 하나의 좌표로 계속해보려 한다. 엄마가 아니라 나로서 길을 나서려 할 때 누구나 언제든 올 수 있는 좌표이면 된다. 엄마의 방학이 하나의 점이 돼 좌표가 되듯이 각자의 활동도 그래야 한다고 믿는다. 한 명 한 명 작은 점들이지만 함께 있을 때 좋은 동료가 되는 사람들은 든든한 비빌 언덕이자 너른 마당이다.

딩가딩가는 안토니아의 마당처럼 되고 싶다. 어떤 삶의 방식이든 여성들이 고유한 존재로서 안전하게 자기 이야기를 할 수 있는 공간, 그 이야기들이 또 다른 이야기들로 이어지고 연결되는 공간이고 싶다. 너무 당연하고 아주 단단해서 모르던 일들을 함께 하나씩 찾아가며 그저 나로서 편하게 숨을 들이쉬고 내쉴 수 있는 숨구멍이 되고 싶다. 그래서 지금 여기에서 점을 찍고 계속하기로 한다.

가족들이 모두 빠져나간 아침, 나는 오늘도 가방을 챙겨 들고 딩가딩가로 출근한다. 안토니아가 들판에 씨를 뿌린 마음을 생각한다. 딩가딩가는 오늘도 활짝 문을 열었다.

둘은 둘인 채로 잘살았답니다

▶ 〈비포 미드나잇(Before Midnight)〉(2013)

인성

둘이 되고 넷이 되자 더 또렷하게 '나'를 갈망했다. 엄마이자 읽고 보고, 만나고 듣고, 쓰고 만드는 사람으로 기억되기를 바라면서 오늘도 나와 우리를 마주한다.

두 사람이 하나 되어

7년 전, 결혼식장에 들어서던 순간을 떠올린다. 은은한 조명 아래 순백 드레스를 입은 나, 직접 고른 사랑 찬가가 울려 퍼지고 화려한 꽃 장식 가득한 홀, 새 시작을 축복하는 하객들의 아낌없는 박수 소리…… '사랑으로 둘이 하나'가 돼 '결혼해서 행복하게 살았습니다'로 끝나는 동화 속으로 걸어 들어가는 듯한 결혼식이 끝나자, 낭만의 시대는 가고 현실이 왔다.

'비포 시리즈'는 셀린(줄리 델피)과 제시(이선 호크)의 운명 같은 만남과 재회, 결혼 뒤 이야기를 18년에 걸쳐 영화 세 편에 담았다. 1995년 〈비포 선라이즈〉에서 여행길에 운명처럼 만나 사랑에 빠진 제시와 셀린은 2004년 〈비포 선셋〉에서 9년 만에 재회해 사랑을 확인한다. 9년이 더 흘러 2013년 〈비포 미드나잇〉에서 두 사람은 부부이자 쌍둥이를 둔 부모로 등장한다.

2013년에 나는 결혼 전이었고, 〈비포 선셋〉 이후 셀린과 제시가 겪은 9년이라는 시간을 공감하지 못했다. 그리스에 있는 작은 마을은 아름다웠고, 점심 자리에서 어른들이 나눈 성숙한 대화도 인상적이었지만, 곧 셀린과 제시가 이어가는 긴 대화와 실랑이를 그 때는 이해하지 못했다. 첫눈에 반해 밤새도록 대화가 끊이지 않던 낭만, 9년 만에 재회한 첫사랑을 향한 열정은 사라지고 능글맞은 농담과 상대를 비난하는 말들로 채워진 대화라니. 너무 현실적이라 전작들에서 공들여 쌓아놓은 낭만을 왜 굳이 무너트리는지 이해하기 어려웠다.

이제는 안다. 둘이 하나가 될 듯하던 결혼 생활은 너무 다른 두 사람이 일으키는 불협화음으로 가득하다. 분명 같은 곳을 향해 나아가는 듯하다가도 삐끗해서 다시 평행선을 달리기 일쑤다.

우리 부부에게도 낭만과 열정이 있었다. 친구 소개로 처음 만난 날, 끊이지 않는 대화에 헤어지기 아쉬운 우리는 차를 두고 굳이 늦은 밤까지 걸었다. 두 번째 만난 날도 한나절 동안 경복궁을 걸으며 이야기했다. 걸어도 걸어도 지치지 않았고, 하루 종일 이야기하고 나서도 새벽까지 통화했다. 꼭 결혼 전 셀린과 제시처럼. 결혼하고 아이들을 낳자 모든 것이 바뀌었다. 꼭 결혼 전 셀린과 제시처럼.

둘은 하나가 아니었어

남편은 나를 보고 셀린 같다고 했다. 처음에는 의아했다. 셀린은 '낯선 여행지의 꿈같은 첫사랑'이라는 낭만의 대명사 아닌가. 생각 많고 복잡한 내가, 이제는 낭만보다 생활의 불편을 꼬치꼬치 따지기 좋아하는 내가, 셀린하고 비슷하다니 말이 안 됐다. 그런데 9년 만에 다시 〈비포 미드나잇〉을 보기 시작한 지 10분도 채되지 않아 내 입에서 예상치 못한 말이 튀어나왔다.

"나랑 진짜 똑같네."

세상을 바꾸고 싶어하던 환경 운동가 셀린은 어느새 많이 지

196

쳐 있었다. 제시를 바라보던 설렘과 열정 가득한 눈빛도, 고요히 아름답게 부르던 노랫소리도 더는 없었다. 빈자리는 악다구니로 채워졌다. 셀린은 특히 아내이자 엄마로 살아온 지난 시간을 이제 더는 참을 수 없다는 듯 소리쳤다.

"내 시간이 전혀 없어. 생각할 수 있는 유일한 시간은 사무실에서 똥 쌀 때뿐이야."

이어지는 말에 나는 더욱 귀를 의심했다.

"난 남자들 뭐가 두려운지 알아? 날 고분고분한 주부로 만들까 봐. 딴 여자들이 희망을 포기한다고 나한테까지 강요하지 마."

남편하고 싸울 때마다 내가 목구멍에서 어렵게 뱉어낸 말들이었다. 나도 셀린처럼 세상을 바꾸고 싶다고 종종 말했다. 언젠가는 큰일을 한다고, 적어도 정년까지 계속 일한다고 생각했다. '결혼만 안 했어도, 애만 안 낳았어도……' 억울함과 조급함에 답답해진 나는 자꾸만 혼자 있고 싶어졌다. 셀린처럼 악다구니를 쓰며 방문을 박차고 나가는 순간을 자주 상상했다.

둘이 하나 되어 행복해야 한다는 환상은 그때마다 족쇄가 돼 내 발목을 잡았다. 운명 공동체나 다름없는 가족을 벗어나 나만을 위해 혼자 무엇을 하려고 하니 어쩐지 죄를 짓는 듯했다. 결혼한 여자는 집을 지켜야 한다거나, 아이 곁에는 늘 엄마가 있어야 한다거나, 여자이고 엄마이니까 당연히 그래야 한다는 말들이 발목을 붙잡았다. 아이 있는 여자가 자기만을 위해 뭔가를 하기로 하는 결심, 혼자가 된다는 결심은 죄책감을 감수해야 할 만큼 큰 부담이었다.

둘째 아이를 낳고 답답함은 정점에 다다랐다. 지푸라기라도 잡는 심정으로 '나를 지키고 싶은 엄마를 위한 서사'를 내세운 웹진을 만들었다. 두 번 육아 휴직을 한 뒤 곤두박질치는 커리어를 붙들고 싶었고, 나 혼자 힘으로 뭔가를 일구는 감각을 되찾고 싶었다. 결혼, 임신, 출산이라는 삶의 변곡점을 비슷하게 경험한 여성들의 서사가 모이면서 연대가 형성됐고, 기혼 유자녀 여성이 혼자가 되려면 연결이 필요하다는 사실을 깨달았다.

사이드 프로젝트로 이어가던 웹진을 커뮤니티로 발전시켜 창업에 성공했다. 나만의 속도와 방식으로 지속 가능한 일과 삶을 만들고 싶은 여성들이 모인 커뮤니티였다.

셀린과 제시의 가족을 초대한 그리스 게스트 하우스 주인 패트릭(월터 래샐리)은 떠나보낸 배우자를 회상하며 이야기한다.

"우리는 하나가 아니라 항상 둘이었죠."

나는 이 말을 듣고 해방감과 위로를 동시에 느꼈다. 결혼한다고 해서, 아이를 낳는다고 해서 부부가 하나가 되지는 않는다. 우리는 여전히 둘이었고, 그래서 내게는 혼자라는 감각이 필요했다.

하나를 둘로 만드는 대화

두 아이 키우며 본업에, 사이드 프로젝트에, 잘 다니던 회사 때려치우고 난데없는 창업까지, 하나가 아닌 둘로 살기 위한 과정은 싸움의 연속이었다. 자주 목소리를 높였고, 일주일 내내 냉전이 이어지기도 했다. 나의, 우리의 결혼 생활은 지옥이 될 뻔했다.

지지부진한 싸움이 반복되자 우리가 무엇 때문에 싸우는지, 나와 남편이 정말로 무엇을 원하는지 궁금했다. 낭만의 시대는 갔지만 우리 삶은 계속될 터였고, 같이 살기로 한 결심은 아직 유효했다. 어차피 싸운다면 끝까지 싸워보자는 마음이었다. 그 끝에 이별이 있을지 모른다는 두려움도 컸지만, 함께 있으면서 외롭게 살고 싶지는 않았다.

다행히 싸움의 끝에는 대화가 있었다. 남편에게도 의지가 있었고, 가려고 하는 방향도 같았다. 우리는 계속 어긋나면서도 상대방을 이해하려 노력했다. 대화하면 할수록 우리가 얼마나 다른 사람인지 알게 됐지만, 서로 무엇을 주고받을 수 있는지도 깨달았다. 아이들을 재우고 식탁에 마주 앉아 밤마다 말싸움하거나 얘기를 나누던 우리는 글로도 대화를 이어가기로 했다. 교환 일기처럼 짧은 편지를 주기적으로 주고받으면서. 지금까지 오고간 정도에 견줘 깊이가 다른 진솔한 이야기들이 나올지도 모른다는 생각에 두려움도 컸지만, 서로 존재를 인정하며 함께 살기 위해 용기를 냈다.

어떤 이들에게는 〈비포 미드나잇〉의 결말이 허무하게 느껴질 수도 있다. 거친 싸움 끝에 맨발로 방을 뛰쳐나간 셀린을 쫓아 나온 제시는 미래에서 온 글이라면서 여든두 살 된 셀린이 보낸 편지를 읽어준다. 셀린은 속상해서 눈물을 흘리다가도 장난기 가득한 연기로 분위기를 녹이며 제시에게 맞장구치고 만다. 결국 도루묵이 되고 만다면 뭐하려고 그렇게 피 터지게 싸웠나 싶을 수도 있지만, 이런 모습이 '부부의 세계'가 아닐까? 평생을 함께 살아야 한다는 무게를 견디는 두 사람의 싸움은 일종의 대화다. 설렘이나 열정은 사라졌지만, 유머로 위기를 넘기고 대화를 이어가려는 두 사람에게는 신뢰와 용기라는 다른 이름의 사랑이 자리잡았다.

따로 또 같이 만드는 서사

얼마 전, 혼자 여행을 다녀왔다. 비행기나 숙소도 클릭 한 번으로 손쉽게 예약할 수 있는 시대에 혼자 여행을 갈 때까지 6년이나 걸렸다. 언제든 혼자 떠날 수 있었지만, 그렇게 하지 못했다. 혼자 떠날 수 없는 미안함과 불안감이 있었다. 아무도 말리지 않지만 눈치가 보였다. '첫째라도 데리고 갈까?' 괜한 죄책감에 마음에도 없는 말을 되뇌다가 눈 딱 감고 비행기 표를 예매했다.

아이들을 낳은 뒤 혼자 있고 싶다는 말을 달고 살았고, 나만의 영역을 늘 원했다. 그렇지만 내가 선택한 지금의 삶을 통째로 내다 버리고 뛰쳐나가고 싶지는 않았다. 내게 혼자만의 시간과 영역은 둘이나 넷으로 계속 함께 살아갈 수 있게 하는 활기와 동력을 얻는 원천이었다. 이제 나도 남편도 이런 나를 잘 안다. 각자의 시간과 영역이 우리 둘의 서사를 더욱 단단하게 채우리라는 사실도. 그러니 더는 미안해하거나 불안해하지 않으려 한다.

2022년은 〈비포 미드나잇〉이 개봉하고 9년이 지난 해다. '비포 시리즈' 4편을 제작했다면 개봉해야 하는 때. 가능성은 낮지만 후속작을 바라며 상상해본다. 셀린과 제시의 외모와 둘이 나누는 대화에서는 더 많은 세월의 흔적이 엿보일 듯하다. 과연 두 사람은 함께 살고 있을까? 27년이라는 긴 시간을 지난 끝에 두 사람이 각자 혼자가 되는 결말은 허무하려나?

두 사람이 꼭 헤어지기를 바라지는 않는다. 다만 다음 편이 나온다면 셀린이 혼자 뭔가를 더 성취하면 좋겠다. 두 사람 이야기를 소설로 써서 이름난 작가가 된 제시 말고, 환경 운동가 셀린의 이야기를 더 듣고 싶다. 적어도 셀린이 원하는 대로 유럽 어디로 혼자 여행을 떠나면 좋겠다. 두 사람이 만들어온 하나의 서사이지만 그 안에서 각자의 존재가 더욱 또렷해지도록 말이다. 그런 이야기가 '비포 시리즈'를 끝내는 마침표가 되면 좋겠다. 그리고 우리에게도.

세상 속 아줌마 요원들의 세계

▶ 〈블랙 위도우(Black Widow)〉(2021)

김수현

아줌마 세계에 입문하고 염세주의 병이 완치된 사람. 매일 여자들에 관한 이야기를 읽고, 요가를 한다.

내 아줌마 친구를 소개합니다

"호랑이콩 땄다. 모여."

여기는 이름을 대도 아는 사람 별로 없는 경상도 시골 마을. 그해 호랑이콩 수확자가 지시를 내리면 아이들이 등원한 아홉 시부터 껍질 까기가 시작된다.

호랑이콩은 어떻게 조리하면 맛난지, 어느 집 아이가 곧 학교에 들어가는지, 코로나 시국에 명절을 어떻게 보낼지까지 속속들이 이야기 나누고 나면 다 깐 콩을 나눠 각자 집으로 돌아갈 시간이다. 그러다 일주일 정도 지나면 그해의 생강 수확자가 전화를 한다.

"캤다. 모여."

봄에는 연근조림, 여름에는 복숭아 병조림, 가을에는 사과칩, 겨울에는 고구마말랭이를 만들자고 해 계절을 알려주는 아줌마 친구들. 인생을 달라지게 만든 내 아줌마~사람들을 소개한다.

첫 아줌마 친구는 놀이터에서 만났다. 아이는 낮잠을 자면 죽는 줄 아는 애였다. 잠이 와서 온갖 짜증을 부리면서도 끝끝내 버티는 통에 결국 동네 놀이터로 나갔다. 아이는 안아달라며 울고, 잠이 모자라 머리가 띵한 나는 오만상을 하며 유아차를 밀었다. 그곳에는 더 큰 소리로 울고불고 떼쓰는 아기와 아기를 달래는 할머니가 있었다. 할머니는 쓰러지듯 벤치에 앉은 나에게 차가운 보리차를 건넸고, 자기 손주에게 쓴다는 값비싼 아토피 스틱을 우리집 아이 다리에 슥슥 발라줬다.

"지금 너무 힘들 때지요."

툭 내민 그 한마디에 나는 정말 큰 위로를 받았다.

다음날부터 매일 그 시간에 놀이터로 나갔다. 아이들도 또래 친구를 만나니 우는 횟수가 훨씬 줄어들었다. 그렇게 오전마다 만나 믹스커피를 함께 마셨고, 아토피에 좋다는 지실 열매를 사서 나눴고, 생떼 쓰기 좋아하는 자식 흉도 실컷 봤다.

영어 스터디에서도 아줌마 친구들을 사귀었다. 이 시골에 영어 잘하는 사람이 몇이나 있겠냐는 가벼운 마음으로 나갔는데, 캐나다 영주권까지 땄지만 시골 남자랑 결혼하는 바람에 여기 사는 분, 영문과 나와 학교에서 근무하다가 시골 남자랑 결혼하는 바람에 여기 사는 분, 영어 전문 강사로 일하다가 시골 남자랑 결혼하는 바람에 여기 사는 분이 스터디 멤버였다.

비루한 영어 실력에 바짝 쪼그라들었는데, 두 시간이 지나자 나는 영어로 아무 말이나 지껄이고 있었다. 아무도 엉성한 발음을, 허술한 문법을 지적하지 않았다. 말하다가 감정이 북받쳐서 눈물을 흘리면 다 같이 울었다. 아줌마들만 아는 비밀 맛집에도 함께 갔다. 철철이 상추와 고추와 단호박을 나눴다. 스터디를 마치고 나면 차 뒷좌석에 흙 묻은 채소가 한가득 실려 있어서 혼자 큰 소리로 웃기도 했다.

미혼 시절에는 거절당할까 봐 두려워 도와달라는 말을 못 했다. 아줌마가 된 지금은 도와달라는 말도 잘하고 도와주기도 잘

한다. 아줌마 사람들에게 대가 없이 받은 친절 덕분이다. 아기 엄마가 물티슈가 없어 쩔쩔매면 멀리 있어도 달려가 건넨다. 가방에 사탕 대여섯 개를 늘 넣어 다니며 놀이터에서 함께 노는 어린이들하고 나눠 먹는다.

'아줌마'는 흔히 멸칭으로 쓰인다. 그렇지만 어떤 여자든지 돕고 싶고 친구로 받아들이고 싶은 넉넉한 마음은 아줌마 세계에 들어오고 나서야 생긴 변화다.

아줌마, 레드룸을 나서다

2021년, 마블 스튜디오가 제작한 〈블랙 위도우〉가 오래 기다린 끝에 개봉했다. 사회에서 단절된 '레드룸'이라는 공간에서 킬러로 길러지는 여자들 이야기다. 레드룸을 이끄는 수장 '드레이코프'는 연고 없는 소녀들을 납치해 전문 킬러로 키운다. 화학 물질까지 동원해 소녀들이 자기에게 완전히 복종하도록 세뇌한다. 여섯 살 때부터 킬러로 자라난 옐레나(플로렌스 퓨)가 한 말에 따르면, 모든 레드룸 요원은 자의식 없이 자라나서 드레이코프의 철저한 꼭두각시가 된다.

전직 레드룸 요원이지만 먼저 세뇌에서 벗어난 나타샤(스칼렛요핸슨)와 옐레나 자매는 감춰진 레드룸을 찾아내 폭파하고, 세뇌된 여성 요원을 모두 해방시킨다. 어릴 때부터 레드룸 안에서 허용되는 지식만 배운 탓에 이 자유를 어떻게 써야 할지 몰라 혼란스러운 요원들은 결국 '함께 있기'를 선택한다. 서로 안고 일으켜 세운다. 손을 잡는다. 남이 정해주지 않는 현실 속으로 함께 걸어가자고 다짐한다.

내 곁에도 각자 다양한 이유로 '여자-아내-엄마는 이렇게 살아야 돼'라고 강요하는 사회적 레드룸에서 뛰쳐나온 아줌마들이 있다. 강남역 여성 혐오 살인 사건을 통해, 《82년생 김지영》을 통해, 엔번방 성 착취 사건을 통해 우리는 그런 기회를 얻었다.

그러나 혼자는 나아갈 길을 찾기 어렵기 때문에, '각성한 아줌마 요원'들은 절박하게 만난다. 아이들이 어린이집과 학교에 간 동안 우리는 생강 껍질을 벗기면서, 멸치 똥을 따면서 사회적 통념에 균열을 일으킬 계획을 세운다.

1. 이번 명절에는 시가보다 친가를 먼저 가겠다고 선언해서 뒷전으로 밀려난 여성 가족의 위상을 세운다.
2. 배우자에게 주말 살림 전권을 넘겨 기울어진 가사 노동의 장을 조금이나마 고르게 한다.
3. 성차별적이지 않은 그림책을 골라 자라나는 아이에게는 반드시 성평등한 가치관을 심어준다.
4. 친족 간 호칭을 '○○ 씨'로 통일해 언어에 자리하는 여성 비하를 거부한다.
5. 주변에서 성차별적인 말을 농담이라며 던질 때 절대로 웃어주지

않는다.

아줌마 요원들끼리 결의한 내용에서 실행된 항목도 있고 아직 주저하는 항목도 있다. 그렇지만 이런 이야기를 나누면서 우리는 혼자가 아니며 세상에서 동떨어진 존재도 아니라고 확인하는 과정이 더 중요하다. '시키는 대로 말 잘 듣기'가 우리의 결말이자 미래가 아니라는 사실을 알게 된 때 얼마나 혼란스럽고 막막했던가. 그렇지만 같은 고통을 겪고 같은 고민을 하는 사람들 덕분에 우리들의 연대는 더욱 단단해지고 힘을 얻는다.

세상 속 아줌마 레드룸 요원

식당에서 아기 기저귀를 갈고 치우지 않은 사람, 양을 알아서 '낭낭하게' 안 준다며 식당을 욕하는 배달 후기를 쓴 사람이 아줌마라는 사실은 모두 잘 안다. 그렇지만 가습기 살균제 문제를 끝까지 파헤치고 공론화한 사람, 억울하게 죽은 자식을 위해 '민식이법'까지 이끌어낸 사람도 아줌마다.

아줌마 집단은 크고 넓으며, 온갖 사람들이 뒤섞인 혼합체다. 우리가 나누는 이야기들은 이 사회의 정치, 경제, 스포츠, 연예 분야에 밀접하게 닿아 있다. 그렇지만 미디어에 그려지는 아줌마들은 대부분 자녀 교육에 미쳐서 '쓰앵님' 정보를 주고받거나, 은근히 자식 자랑하면서 서로 견제하거나, 한정판 명품 백을 자랑하거나 부러

207

워한다.

〈블랙 위도우〉에도 '내 새 옷 어때?'라고 묻는 이야기가 나오지만, '내 신상 옷을 보고 부러워하라'는 맥락은 아니다. 세뇌에서 벗어나 처음으로 자기 의지대로 산, 자기만의 취향을 반영한 물건을 산 주체적인 삶에 관한 이야기로 이어진다. 옐레나는 주머니가 많아서 얼마나 실용적인 옷인지 열정적으로 설명한다. '여자들의 옷 이야기'에 어떤 의미가 담길 수 있는지 잘 보여주는 장면이다.

아줌마 레드룸 요원인 우리도 '어제 산 새 옷' 이야기를 한다! 다만 출산 뒤 뒤바뀐 몸에 관한 이야기가 많다. 여성 의류 산업에 팽배한 작은 몸 열망도 성토한다. 아줌마 단체 카톡방에서는 다양한 몸의 존재를 이해하는 쇼핑몰 사이트를 공유한다.

자식 교육 문제도 오래 이야기한다. 사교육을 시키든 안 시키든 학업 성취도는 비슷할 수 있지만 '뭔가를 시킨다'는 사실이 불안감을 상쇄할 가능성이 크니 당장이라도 학원에 보내고 싶어질 때가 있다. 그럴 때는 자녀 교육의 길을 앞서 걸어간 아줌마 선배님들을 찾는다. 지혜로운 연장자들하고 상담을 하면 내 불안감을 해소하기 위해 아이의 일상을 좌지우지하려 들지 않게 된다.

자식 자랑도 한다! 고양이 키우는 사람이 고양이 예뻐하듯, 책 좋아하는 사람이 책 홍보하듯 자랑한다. 세상에 태어나 진심으로 사랑하게 된 대상이 생기다니, 얼마나 자랑스러운 일인가. 우리는 걱정이나 불안이 아니라 '사랑'에 관련된 자식 이야기를 더 많이 나눠야 한다.

남편 흉도 보고 시가 흉도 본다. 그렇지만 '흉보기'는 불평등한 가사 노동을 분배하는 데 강조점이 찍혀 있다. 가사 노동이 사회적으로 저평가되는 이유는 가사 노동을 질적으로 평가하고 보상하지 않기 때문이다. 가사 노동에 관련된 질적 평가를 수행하는 공인 기관이 있고 평가 결과에 따라 적정한 보상이 주어진다면 집안을 돌보는 일의 가치가 이토록 후려쳐지지 않을 수 있다.

나는 아줌마 친구들의 손을 잡고 세상으로 나왔다. 나를 포함한 다양하고 복잡한 '아줌마'들이 결국에는 자기 삶을, 각자의 삶을 구한다고 믿기 때문이다. 거칠고 고통스러운 집안일과 외롭고 험난한 육아를 뚫고 나아가기 위해, 오늘도 나는 세상 속 아줌마 레드룸 요원들하고 함께 한 걸음 내딛는다.

부녀미, 느슨하지만 단단한 울타리

▶ 〈프라이드 그린 토마토(Fried Green Tomatoes At The Whistle Stop Cafe)〉(1992)

이효정

소통과 연결의 느낌을 좋아한다. 결혼과 출산을 거치며 잃어버린 소통과 연결의 언어를 부너미에서 찾았다.

초록빛 감도는 토마토에 튀김옷을 입힌다. 적당히 예열한 프라이 팬에 기름을 두르고 토마토를 튀기듯 부친다. 어떤 맛일까? 바삭하게 튀긴 음식을 좋아하기는 하지만, 토마토를 튀기면 아무래도 독특한 맛이 날 듯하다. 이런 낯선 음식을 제목으로 한 영화는 어떤 느낌일까?

1930년대 미국 남부 어느 시골 마을에 사는 백인 여성 잇지(메리 스튜어트 매스터슨)와 루스(메리루이스 파커), 그리고 1980년대를 사는 백인 여성 에블린(케시 베이츠)과 니니(제시카 탠디)가 자기만의 삶을 가꾸는 이야기, 바로 〈프라이드 그린 토마토〉다.

여성의 우정을 다룬 영화

프라이드 그린 토마토는 딱 두 번 등장한다. 처음은 잇지와 루스의 주방 대전. 카페 메뉴로 프라이드 그린 토마토를 만들던 잇지는 루스에게 맛이 어떤지 묻는다. '별로'라는 대답에 잇지는 루스의 머리 위에 장난스럽게 물을 뿌리고, 두 사람은 육탄전을 벌인다. 주방에 있는 토마토, 밀가루, 초콜릿을 상대방 얼굴과 머리에 치덕치덕 바르는 잇지와 루스. 지켜보는 사람은 머리를 절레절레 흔들지만 둘은 즐거움을 한껏 만끽한다.

다음은 니니의 조촐한 생일 파티. 파티 모자를 쓴 니니 할머니는 수줍은 듯 행복하게 웃는다. 에블린은 생일 초에 불을 붙인다. 촛불은 케이크가 아니라 프라이드 그린 토마토 위에서 빛난다. 프라이드 그린 토마토를 한입 베어 물고 옛날에 먹던 맛하고 똑같다며 즐거워하는 니니. 음식을 직접 만든 에블린도 기뻐한다.

프라이드 그린 토마토가 등장하는 장면은 여성들 사이의 우정이 일상에서 드러나는 모습을 잘 보여줬다. 30년 전 이 영화가 개봉할 무렵 〈원초적 본능〉과 〈보디가드〉가 큰 인기를 끌었다. 두 영화에서 여자는 성적 매력으로 남자를 홀려서 죽이는 팜 파탈이거나 남자의 보호를 받아야 하는 대상으로 그려졌다. 여성들끼리 연대하고 우정을 다지는 내용을 담은 〈프라이드 그린 토마토〉는 제목처럼 낯설고 희귀한 영화였다.

현실 세계에서 나와 내 친구들이 영화 속 샤론 스톤이나 휘트니 휴스턴처럼 되는 일은 없다. 그야말로 영화 같은 극적 전개와 위기는 없어도 〈프라이드 그린 토마토〉가 우리 현실하고 더 가까운 이야기다. 20대와 30대인 잇지와 루스, 40대 에블린과 80대 니니가 우정을 쌓아가는 과정을 보면서 나도 어떤 얼굴을 떠올렸다.

스무 살 시절, 나의 프라이드 그린 토마토

S하고 처음으로 깊은 이야기를 나눈 날의 풍경이 생생하게 떠오른다. 우리는 같은 동아리에서 활동하는 동기였지만 서로 잘 알지 못했다. 가족 이야기를 하다가 S는 폭력적이고 무능한 아버지 때문에 부모가 이혼한 이야기를 스스럼없이 꺼냈다. 페미니즘을

우호적으로 생각한다며 가족 모두 가부장제의 피해자라고 말할 때는 해방감마저 느꼈다. 우리 둘은 비슷했다. 드러나는 순간 초라 해지고 비참해질까 봐 애써 티 내지 않은 이야기들이었다.

내 이야기를 해도 안전하다는 느낌, 같은 생각을 나눌 수 있다는 사실만으로 충만해지는 기분이 들었다. 괜찮지 않으면서 멀쩡한 척해야만 하던 지난날을 털어버릴 수 있었다. 경계심을 늦추고 친밀해지는 시간이었다. 우리의 우정은 그렇게 시작됐다.

우리는 스무 살이었다. 감추는 데 급급하던 에피소드를 경쟁하듯 늘어놓으며 '가난 배틀'을 하는 치기도 부리고, 우연히 같은 헤어스타일을 하고 와서는 우리 둘은 이미지가 정말 달라서 '왕자와 거지' 같다며 깔깔거리기도 했다. 동아리에서 진행한 세미나에서는 뒤질 새라 웃음기 없는 얼굴로 사회 문제를 진지하게 토론했다.

이제 S를 비롯해 그 시절을 함께한 친구들은 20여 년 동안 서로 다른 삶의 경로를 걸어가느라 자주 보기 어렵다. 몇 년 전 동아리 30주년 모임에서 오랜만에 S를 만났다. S는 결혼 뒤 육아 때문에 오지 못한 여자 선후배들을 떠올리며 남성 중심 문화에 불만을 터트렸다. 달라진 듯 똑같은 친구 모습이 참 좋았다.

결혼 뒤, 프라이드 그린 토마토

결혼을 하고 아이가 태어나면서 인간관계가 많이 달라졌다. 남편은 퇴근 뒤 술자리나 약속을 꽤 절제하는 편이었지만, 마음 내키면

즉흥적으로 친구를 만날 수 있었다. 나만 동의하면 되기 때문이었다. 아이를 키우는 나는 친구 만나는 일이 큰 이벤트였다. 남편은 동아리 모임과 동기 모임을 오가면서 결혼 전부터 맺은 관계를 쉽게 유지했지만, 나는 그럴 수 없었다. 기껏 소셜 미디어로 메시지를 주고받을 뿐이었다.

변화는 또 있었다. 남편이 맺은 관계에서 가족 동반 모임이 생겨났다. 이른바 정상 가족을 꾸린 남자들이 중심이 돼 모임을 기획했다. 아이들이 어릴 때라 캠핑장이나 집에서 많이 모였다. 음식 준비와 상차림에 적극적인 남자들도 있었지만, 대부분의 돌봄 노동은 늘 여자들 몫이었다. 배우자를 따라간 자리였지만, 흥미롭게도 그곳에서 여자들은 여자들끼리 나누는 유대감과 친밀감을 바탕으로 새로운 관계를 만들었다. 세월이 흘러 이제는 남자들 없이 따로 만나기도 한다. 안부를 주고받는 수다에서 시작해 정치 이야기까지 대화 주제도 다채롭다.

잇지와 루스가 우정을 쌓아가는 과정도 아름답다. 어린 시절부터 바지만 고집하며 주위 시선에 아랑곳하지 않던 잇지, 바른 생활만 하면서 부모가 원하는 대로 결혼까지 하는 루스. 이렇게 다른 두 사람이 경계를 허물어 서로 신뢰하고 위한다. 잇지와 루스는 둘만의 관계에서 머무는 대신 더 많은 사람들하고 연대한다.

존중과 연대의 공동체

잇지는 폭력 남편에 시달리는 루스를 구출했고, 잇지와 루스는 '휘슬 스탑' 카페를 연다. 카페는 생계비를 버는 공간에 그치지 않았다. 노숙인에게 음식을 제공하고, 남부 백인들이 하는 경고에도 흔들림 없이 흑인들을 위한 자리를 마련한다. 어린 시절부터 잇지네 집안일을 도운 흑인 여성 십시(시슬리 타이슨)와 십시가 낳은 아들 빅조지(스턴 쇼)도 종업원이 아니라 카페를 중심으로 한 공동체의 일원으로 느껴진다. 휘슬 스탑은 성별, 인종, 나이를 넘어 존중과 신뢰를 바탕으로 하는 연대의 공간이 된다.

몇 년 뒤, 루스의 남편을 살해한 혐의로 빅조지가 재판을 받는다. 잇지는 빅조지를 지키기 위해 피고인이 되어 재판정에 선다. 교회에 가지 않는다는 이유로 부도덕한 술주정뱅이 여성이라는 모욕을 당하면서도 당당하다. 증인석에 앉은 루스는 남편을 떠나 저런 여자를 따라간 이유를 묻는 검사에게 '내 가장 소중한 친구'라고 대답한다.

에블린은 시숙모를 만나러 온 요양원에서 생기 넘치는 니니 할머니를 만나 휘슬 스탑 이야기를 듣고 용기를 얻는다. 이제 에블린은 자기에게 무관심한 남편하고 관계를 회복하기 위해 해온 일방적인 노력을 멈춘다. 그리고 남편이 독차지한 공간을 때려 부순다. 남편이 밥 먹을 때마다 혼자 접시를 들고 앉아 있는 텔레비전 앞 자리를 망치로 내리치는 순간의 통쾌함이란!

에블린은 망치로 내리친 공간을 니니 할머니가 머물 공간으로 만들겠다고 남편에게 통보한다. 그리고 자기 집이 사라져 망연자실한 니니 할머니에게 같이 살자고 말한다. 에블린네 집으로 가는 길, 루스가 잠든 묘지 앞에는 잇지가 막 두고 간 편지와 선물이 있다. 젊은 시절의 잇지는 지금의 니니 할머니가 아닐까? 이제 에블린과 니니가 함께 사는 집이 또 다른 휘슬 스탑이 될 듯하다.

지금, 나의 휘슬 스탑

나에게도 휘슬 스탑 같은 공동체가 있다. 바로 '부너미'다. 느슨한 연대를 지향하는 부너미 회원들은 적당한 거리를 유지하면서 서로 안전한 울타리가 돼주려 노력한다. 나이, 직업, 사는 곳, 취향을 불문하고 모인 부너미에서 우리는 모두 '샘'이라 불린다. 기혼 여성으로서 겪은 불평등에 함께 분노하면서도 각자의 속도와 온도에서 드러나는 차이를 존중한다.

에블린이 중년에 접어들어 찾아온 몸과 마음의 변화 때문에 힘들어할 때 니니가 '나도 그랬다'면서 공감하고 위로하듯, 우리도 자기가 먼저 한 경험을 기꺼이 나눈다. '라떼는 말이야'가 아니다. 여성으로서 겪는 고민과 치열한 싸움은 늘 현재 진행형이기 때문이다.

부너미가 감행하는 공적 말하기는 내 주변에도 작지만 지나칠 수 없는 변화를 불러왔다. 설거지 말고는 가사 노동에 무관심하던 남편이 그동안 발견하지 못한 그림자 노동을 스스로 하는 모습은 저절로 벌어진 일이 아니다. 가족 동반 모임에서 최고 연장자라는 이유로 아무 일도 하지 않던 남자 선배가 설거지를 자원한 날도 그렇다.

무엇보다 큰 변화는 내 안에서 일어났다. 부너미 샘들이 일상을 바꾸기 위해 노력하고 이런저런 시도를 하는 모습을 볼 때마다 배움과 자극이 일어난다. 그런 배움과 자극 덕분에 이제 나는 일상의 벽 앞에서 적당히 타협하고 포기하지 않을 수 있다.

설익은 초록빛 토마토이던 나는 부너미 샘들을 만날 때마다 튀김옷 입은 프라이드 그린 토마토처럼 조금씩 달라진다. '엄마에게도 언어가 필요하다'며 남성 중심 사회에 작은 균열을 내고 싶어하는 우리는 우리들에게 잇지와 루스이면서 니니와 에블린일지도 모른다.

다시 시작되는 마법, 영화

▶ 〈크루엘라(Cruella)〉(2021)

심지

글을 쓸 때마다 삶이 달라지는 마법을 경험하고 있다. 영화를 정말 좋아하지만 그만큼 나를 좋아하려고 노력하는 중이다.

부너미에서 함께 영화 보고 글 쓰는 모임을 시작한다고 할 때 꼭 참여하고 싶었다. 결혼과 출산, 육아를 경험한 부너미 샘들은 같은 영화를 보고도 각자의 상황과 관점으로 영화를 해석했다. 다양한 이야기들이 쏟아져서 놀랐지만, 무엇보다 영화를 곱씹고 글로 정리하는 동안 나에 관해 생각할 수 있었다.

우리는 함께 〈가족의 탄생〉과 〈케빈에 대하여〉를 보고 글을 썼다. 그다음에는 각자 보고 싶은 영화를 선택했다. 나는 고레에다 히로카즈의 〈어느 가족〉이 끌렸지만, 미루고 있던 〈찬실이는 복도 많지〉를 먼저 봤다.

마흔을 앞두고 싱숭생숭한 나날이었다. 아이는 자라고 남편도 어느 정도 자리를 찾아가는 동안에 투쟁하듯 쉬지 않고 살아온 내게, 남은 것이 하나도 없다는 생각에 힘겨운 내게, 〈찬실이는 복도 많지〉는 많은 힘을 줬다. 삶이 커다란 장벽에 가로막힌 듯할 때 옆으로 조금 걸어가면 그 장벽 뒤로 돌아갈 수 있는 길이 나올지도 모른다고 말해주는 듯했다.

〈어느 가족〉은 '정상' 범주를 벗어나 본 적 없는 나에게 '정상 가족'이란 무엇인지 생각하게 해줬다. 어떻게든 '가족'을 구성하고 싶은 사람들이 자기에게 부족한 요소를 조금씩 훔치고 모아서 꾸린, 어디에나 있을 법한 '어느' 가족 이야기는 새로운 생각을 자극했다.

영화의 마법

나는 영화를 정말 좋아했다. 처음 본 영화는 동네 근처 건영옴니백화점 영화관에서 본 〈영구와 땡칠이〉였다. 고등학교 때 교실에서 본 〈스타워즈〉는 생생하고 놀라웠다. 해적판으로 본 이와이 슌지의 〈러브레터〉는 애틋했다. 광화문 어딘가 이름도 기억나지 않는 영화관에서 본 〈헤드윅〉은 또 얼마나 센세이셔널했던가.

20대 초반에는 스폰지하우스나 KT&G상상마당 같은 독립 영화관을 돌아다니며 〈카모메 식당〉이나 〈메종 드 히미코〉 같은 일본 영화를 섭렵했다. 아지트처럼 심심하면 찾던 신촌 녹색극장과 종로3가 서울극장에서는 조조 영화부터 세 편을 내리 예매하고는 보다가 졸다가 하면서 하루를 보내기도 했다. 매일 개봉작을 찾아보고, 영화제 정보를 살피고, 영화 잡지를 모았다.

내 인생 영화이자 처음으로 혼자 본 영화는 〈아멜리에〉다. 종로2가에는 예술 영화만 상영하는 코아아트홀이 있었다. 모의고사보다 훨씬 낮게 나온 수학능력시험 점수에 좌절한 열아홉, 나는 혼자 〈아멜리에〉를 보러 그곳에 갔다. '그냥 취소하고 집에 갈까? 아니야 혼자 영화도 볼 수 있어야지!' 갈팡질팡하며 올라가던 영화관 계단이 생생하다. 영화는 정말 좋았다. 좌절과 우울함이 한순간에 사라지는 듯했다.

어둑해진 종로를 걸으며 구세군자선냄비에 수중에 있는 현금을 모조리 넣었다. 내가 나를 실패한 사람으로 규정할 때 아멜리에는 특유의 경쾌함과 에너지로 친구처럼 위로해줬다. 괜찮다고, 새롭고 신나는 일이 또 기다린다고 말해주는 듯했다. 아멜리에의 마법이었다.

그 시절 영화들은 내가 전혀 모르던 세상, 절대 가보지 못할 세상, 또는 저 멀리 어디에 진짜 있지만 가닿기 어려운 세계의 이야기들을 내 눈앞에 펼쳐놓았다. 10대 시절에 본 영화가 꿈과 환상의 세계였다면, 20대에 본 영화는 어떤 삶을 살아야 하고 어떤 선택을 해야 하는지 고민하는 내게 방향을 제시해줬다.

영화는 어른들의 사랑이 얼마나 달콤하고 애달픈지, 세상에는 얼마나 많은 사람이 다양한 삶을 살고 있는지, 다들 그 속에서 어떻게 자기만의 길을 찾아가고 있는지 보여줬다. 커다란 스크린에서 펼쳐지는 이야기를 보면서 나는 울고, 웃고, 사랑에 빠지고, 힘을 얻었다.

내게 너무 완벽한 크루엘라

아멜리에의 마법에 빠진 열아홉 나는 어느새 결혼 8년 차 '마흔 앓이'를 하는 40대가 됐다. 결혼 뒤 나는 남편이 꾸는 꿈을 지지하는 아내이자 양육자, 생계를 부양하는 노동자로 숨 가쁘게 살았다. 20년 동안 세상은 정말 많이 변했다. 아지트처럼 찾던 극장은 모두 사라졌고, 정성스럽게 영화를 고르고 스크린 앞에서 벅차 하던 나도 사라졌다.

영화관하고 멀어진 이유는 아이 탓도 아니고 남편 탓도 아니었다. 티켓 가격을 보면서 생활비가 먼저 떠올랐고, 후줄근한 나를 단장하고 동네를 벗어나 시내 영화관으로 가기도 귀찮았다. 내가 뭘 좋아하는지 생각하는 일도, 좋아하는 일을 하기 위한 과정도 모두 번거로웠다.

아이 데리고 시가에 가면서 간만에 혼자 영화도 보고 쉬고 오라며 남편이 권해도 집에서 냉장고 정리를 한 사람은 나였다. 나만을 위한 작은 지출도 사치라며 내 욕구나 취향을 가볍게 밀어낸 사람도 나였다. 문득 영화 보러 영화관에 가야겠다는 생각이 들었다.

개봉작을 둘러봤다. 검정과 하양이 반반인, 나와 비슷한 뽀글거리는 단발머리 엠마 스톤이 자신만만하게 정면을 바라보고 있는 영화 포스터를 발견했다. 〈크루엘라〉. 남편에게 영화 보고 싶다고 메시지를 보냈다. 맛있는 저녁 먹고 영화 보고 들어가고 싶다고, 아이 하원과 저녁 돌봄, 그리고 잠재우기까지 부탁했다.

7년 만에 간 영화관이었다. 여유 있게 저녁을 먹고 미리 도착해 커피도 한 잔 마셨다. 상영관에는 가장 먼저 입장했다. 커다란 스크린과 텅 빈 객석들, 영화관 특유의 향기. 아, 맞다. 영화관은 이런 곳이었지. 혼자 보러 온 사람은 나뿐인 듯했지만, 상관없었다.

영화가 시작했다. 패션 디자이너가 꿈이고 검정과 하양이 반반 섞인 머리색 때문에 어디서나 눈에 띄는 존재, 괴롭히는 아이들에게 맞서는 당당하고 자유로운 영혼을 지닌 에스텔라가 훗날 엄마가 죽은 원인을 알고 복수하는 이야기였다. 자기만의 디자인 으로 정면 대결하는 장면들은 도전적이고 실험적인 현대 미술을 보는 듯했고, 못되고 도발적인 퍼포먼스들은 통쾌하고 멋졌다. 음 악을 잘 모르는 나도 엉덩이가 들썩거릴 만큼 적재적소에 배치된 영화 음악들도 한몫했다.

자기의 원래 모습을 드러낸 에스텔라는 욕망과 욕구를 양껏 분 출하고 끼와 천재성을 마음껏 뿜어내는 '크루엘라 드 빌'로 다시 태 어난다. 영화는 말할 것도 없이 정말 좋았고, 배우들 연기도 훌륭했 다. 심지어 개들도 연기를 잘했다.

다시 시작된 크루엘라의 마법

영화를 보고 나오니 어느새 밤 열 시가 넘었다. 평소라면 아이를 재 우느라 어둠 속에서 숨죽이고 누워 있을 시간인데, 낯선 장소에서 낯선 어둠의 공기를 들이마시는 기분은 참 좋았다. 많은 일들이 달 라졌지만, 스크린 속 이야기는 여전히 내 삶을 응원하고 위로했다. 이야기를 만나는 여정 자체를 좋아하는 나도 내 안에 남아 있었다.

에스텔라가 머리색을 감추고 살던 시간이 나에게는 남편의 아 내로, 아이의 엄마로, 가족의 생계 부양자로 나를 가둔 지난 시간이 구나 싶다. 생각해보면 영화관에 가지는 못해도 스마트폰 애플리 케이션으로 많은 영화를 보고 있었다. 그렇지만 그런 시간을 나를 위한 휴식이나 나만의 취미라고 생각하지는 않았다. 내 취미는 여전히 영화관 가서 영화 보기이고, 그렇게 못하는 대신 모두 자는 밤에 손바닥만 한 화면을 켜 소리 끄고 영상을 보면서 빨래를 개고 있다고 푸념했다.

〈크루엘라〉의 주인공은 영화 말미에 에스텔라와 크루엘라 중에서 '에스텔라'라는 자아의 장례식을 치르고 크루엘라를 선택한다. 죄책감과 복수라는 과거를 청산하고 새로운 시작을 다짐하는 크루엘라가 눈이 부시게 반짝여 보였다.

변화를 하려면 과거의 나를 죽이고 새로 태어나야 한다. 어떤 방식으로든 계속 영화를 보고 있고 좋아하고 있는 나를 그대로 받아들이고 싶다. 이제는 나에 관해 생각하고 싶다. 내가 뭘 좋아하는지, 좋아하는 일을 하기 위해 내가 무엇을 선택할 수 있는지를 좀더 정성스럽게 고민하고 싶다. 그리고 내가 보고 느낀 영화의 마법을 더 많은 사람들하고 함께 나누고 싶다.

마흔이 된 내게, 크루엘라의 마법이 시작됐다.